조선남자

朝鮮男子

-천능의 주인-

조선남자 8권

초판1쇄 펴냄 | 2020년 05월 22일

지은이 | K.석우
발행인 | 성열관

펴낸곳 | 어울림 출판사
출판등록 / 2009년 1월 23일 제 2015-000062호
주소 / 경기도 고양시 일산동구 무궁화로 43-55, 801호 (장항동, 성우사카르타워)
TEL / 031-919-0122
FAX / 031-919-0127
E-mail / 5ullim@hanmail.net

ⓒ2020 K.석우
값 8,000원

ISBN 978-89-992-6517-4 (04810)
ISBN 978-89-992-6190-9 (SET)

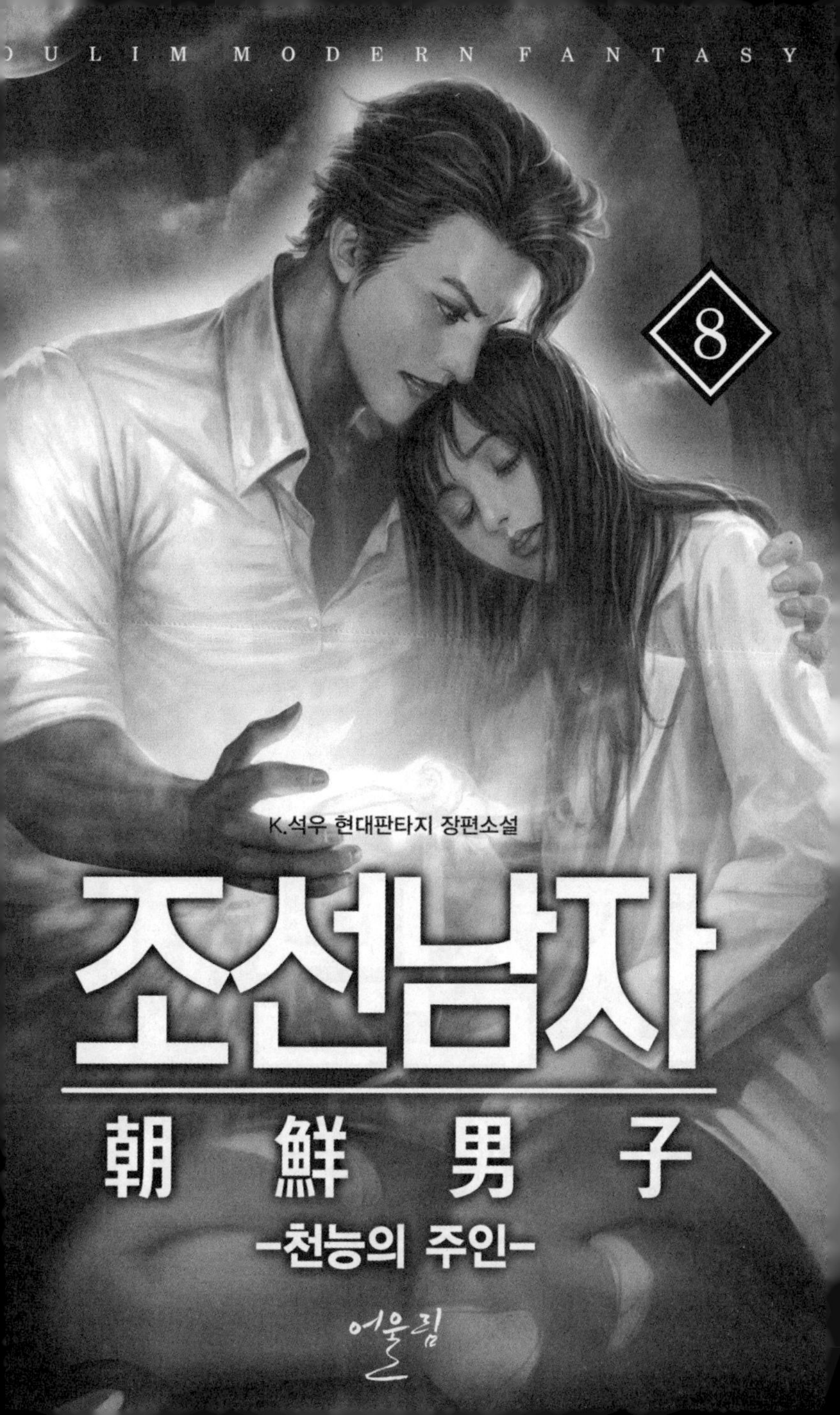
OULIM MODERN FANTASY
8
K.석우 현대판타지 장편소설
조선남자
朝鮮男子
-천능의 주인-
어울림

조선남자
朝鮮男子
-천능의 주인-

목차

필독

　본문에 등장하는 의학용어는 가급적 현재 의학용어에 맞게
사용할 예정입니다.
　다만 의료상황이나 응급상황을 묘사함은 현실의 의료상
황이나 응급상황과는 다른 작가의 작품구성 상 필요에 의해
창작되었음을 알려드립니다.
　또한 본문에서 언급하는 지역과 인간관계, 범죄행위, 법과
현 시대의 묘사는 현실과 관계없는 허구임을 밝힙니다.

조선남자

朝鮮男子

-천능의 주인-

단죄의 밤

덜덜덜.

서동혁의 온몸이 사시나무처럼 떨리고 있었다.

지금까지 살아오면서 이처럼 무섭고 공포스러운 상황은 본 적도 없고 겪은 적도 없었다.

자신의 엄마가 가진 막대한 재력의 힘이라면 손가락 하나만으로 세상을 움직일 수 있을 것이라고 자신했던 서동혁이다.

하지만 지금 눈앞에 서 있는 김동하는 아무리 많은 돈을 가졌다고 해도 막을 수 없는 그야말로 사신과 같은 사람이라는 것을 그제야 느낀 것이다.

하성관이나 유문종처럼 운동으로 다져진 체격도 아니고 최종태나 김상열처럼 평소에 싸움꾼 기질이 있는 것도 아닌 서동혁의 자전거 동호회 친구인 임진구도 온몸을 떨면서 김동하를 바라보고 있었다.

임진구는 조금 전 카페 썸의 창가에서 한서영과 김동하를 발견한 자신의 눈을 파내어 버리고 싶을 정도로 후회하고 있었다.

자신이 한서영을 발견하지 않았다면 지금과 같은 상황은 벌어지지 않았을 것임을 떠올리며 한서영을 먼저 발견한 자신의 두 눈이 원망스럽기만 했다.

서동혁의 건너편에 앉아 있는 최종태의 애인인 장수연과 그녀의 일행들은 너무나 두려운 상황에 얼굴을 두 손으로 가린 채 떨고 있었다.

"어, 엄마……."

"으흐흐흑."

"여기서 나가고 싶어 흐흑."

여자들은 자신들도 곧 하성관과 유문종처럼 변할 것이라고 생각한 것인지 온몸을 떨고 눈물을 흘리며 움츠려들었다.

김동하와 시선만 마주치는 것만으로도 온몸에 소름이 돋을 정도로 공포에 질려 있는 그녀들이었다.

람세스의 종업원들도 마찬가지였다.

김동하의 엄청난 능력에 온몸이 굳어버렸다.

서동혁의 지시로 람세스의 문을 닫아버렸기에 도망을 칠 수도 없었다.

　좀 전의 김동하의 괴력으로 보아서 김동하에게 달려들 생각도 없었다.

　다만 자신들은 김동하와 직접적으로 관련되어 있지 않으니 어쩌면 김동하의 손을 피할 수 있을지 모른다는 얕은 희망을 품고 있었다.

　그러나 그럼에도 온몸을 짓누르는 공포심을 억제할 수는 없었다.

　한순간에 람세스의 내부는 최종태의 애인인 장수연과 그녀의 친구들이 공포에 흐느끼는 소리만 들릴 뿐이었다.

　유문종에게도 천명을 회수한 김동하가 서늘한 시선으로 그를 바라보았다.

　며칠 전 한강변에서 서동혁과 그의 어머니 윤수경의 천명을 회수할 때와는 달리 이번에는 단번에 하성관과 유문종의 천명을 대부분 회수했다.

　그 탓에 두 명은 80대의 노인처럼 주름으로 가득한 얼굴로 바닥에 널브러져 있었다.

　김동하가 시선을 돌려서 뒤로 물러서고 있는 최종태와 김상열을 바라보았다.

　김상열이 하얗게 질린 얼굴로 물러서다가 테이블에 손이 닿았다.

　김동하와 시선이 마주치는 것 만으로 김상열은 자신의

온몸이 오그라드는 느낌이었다.

김상열의 손에 테이블에 올려진 술병이 손에 잡혔다.

자신도 모르게 술병을 잡은 김상열이 떨리는 손으로 술병을 앞으로 내밀었다.

"오, 오지 마. 오지 말란 말이야."

하얗게 질린 김상열이 술병을 들고 허공에 휘둘렀다.

최종태는 그런 김상열의 뒤에서 물러서며 김동하를 바라보고 있었다.

좀 전에 한서영을 희롱할 때 떠 올렸던 그 자신만만해 보이던 표정은 이제 그의 얼굴 어디에도 찾을 수가 없었다.

덜덜덜.

최종태는 뒤로 물러서는 자신의 두 다리가 자신의 의지와 전혀 상관없이 떨리는 것을 느끼며 다리에 힘이 빠지고 있었다.

지금까지 살아오면서 나쁜 짓은 골고루 다 해봤다.

그렇지만 단 한 번도 죗값을 치르거나 죄에 상응하는 단죄를 받아본 적이 없는 그였다.

최종태에겐 사람들이 말하는 천벌이라는 것은 존재하지 않고 신이라는 존재는 심약한 사람들이 만들어낸 허상일 뿐이라고 믿었다.

하지만 지금 이 순간 그의 앞에 서 있는 김동하는 오만한 자신에게 하늘이 내려보낸 사신의 모습이었다.

김동하가 물끄러미 술병을 앞에 들고 엉거주춤 서 있는

김상열을 바라보았다.

김동하의 몸에서 무량기의 기운이 흘러나와 김상열의 몸을 감싸고 돌다가 김동하에게 다시 돌아갔다.

김동하가 나직하게 입을 열었다.

"야비하고 천박한 자로구나. 너 역시 저자들과 다르지 않으니 가꾸지 않았던 네 품성을 원망해야 할 것이다."

김동하가 김상열을 향해 손을 내밀었다.

순간 김상열이 그대로 김동하의 앞에서 무릎을 꿇었다.

털썩—

"사, 살려주세요. 제발⋯⋯."

두 손을 모아 싹싹 비는 김상열의 모습은 20살이 넘은 사내답지 않게 치졸해 보였고 나약해 보였다.

김동하의 눈이 살짝 찌푸려졌다.

김동하의 뒤편에 붙어서 눈앞의 상황을 바라보고 있는 한서영의 미간이 좁혀졌다.

자신을 향해 소름끼치는 웃음을 흘리던 김상열이 김동하의 천명의 권능을 보는 순간 이처럼 졸렬한 모습으로 변한 것이 어색하게 느껴질 정도였다.

김상열이 온몸이 땀에 젖은 채 울면서 입을 열었다.

"흐억 저는⋯ 아무것도 모릅니다. 제발 살려주세요. 저는 그냥 동혁이가 시켜서⋯⋯."

김상열은 김동하의 손을 벗어나기 위해서 필사적이었다.

김동하가 차가운 시선으로 김상열을 바라보았다.

그때 한서영이 김동하의 팔을 잡아당기며 입을 열었다.

"좀 전에 저 나쁜 놈이 나한테 강제로 술을 먹이려고 했는데 그렇게까지 술을 권한 진짜 이유가 뭐죠? 또 내가 눈치챘다는 말은 무슨 뜻이에요?"

한서영은 서동혁이 술을 가져오라고 지시하자 김상열이 술을 가져와 서동혁에게 쥐어주며 은밀한 눈빛을 나눈 것을 눈치채고 있었다.

평소에 병원에서 환자의 얼굴을 살피거나 안색을 관찰하는 것이 습관이 되어 있는 한서영이었기에 그들이 시선을 나눈 것을 파악했다.

그 때문에 서동혁이 한사코 술을 권하는 것을 피한 것이었다.

김상열이 몸을 떨었다.

자신이 마약을 탄 술잔을 서동혁에게 알려준 것을 한서영이 이미 눈치채고 있었을 것이라곤 미처 생각하지 못했다.

"그, 그게……."

한서영의 미간이 좁혀졌다.

"당신이 저 개자식에게 술잔을 가져와 건네면서 무언가 신호를 보낸 것을 보았어요. 그게 뭐죠?"

한서영은 서동혁이 그렇게까지 자신에게 술을 계속 먹이려고 한 이유가 무엇인지 반드시 알아낼 생각이었다.

김동하가 차가운 시선으로 김상열을 바라보았다.

 말은 하지 않았지만 한서영의 질문에 대답하라는 표정이었다.

 김상열이 머리를 숙이며 몸을 떨었다.

 "자, 잘못했습니다. 제발 살려주세요. 으흐흐흐."

 술에 마약을 섞었다는 말은 차마 입에서 나오지 못했다.

 마약을 몰래 한서영에게 먹이려고 했다는 말을 하면 자신 역시 하성관이나 유문종처럼 변하게 될 것이라고 생각하자 눈앞이 캄캄해졌다.

 한서영이 눈초리를 매섭게 뜨면서 안쪽의 소파에 벌떡 일어서 있는 서동혁을 바라보았다.

 "야! 이 개자식아! 네 입으로 말해볼래?"

 한서영에게 서동혁은 절대로 용서받을 수 없는 그야말로 개자식이었다.

 오히려 지금의 상황은 그날 한강변에서 있었던 상황보다 더 미운 놈으로 낙인이 찍힐 정도였다.

 만약 자신의 옆에 김동하가 없었다면 자신이 서동혁의 일행에게 어떤 봉변을 당했을지 너무나 뻔했다.

 그랬기에 서동혁만큼은 요절을 내주고 싶은 한서영이었다.

 한서영의 시선을 받자 서동혁이 자신도 모르게 몸을 부르르 떨었다.

 "그, 그게……."

서동혁은 지금 이 순간이 마치 긴 악몽처럼 느껴졌다.

그는 지금 자신이 어떻게 행동해야 할지 전혀 감을 잡지 못하고 있었다.

김상열처럼 바닥에 엎드려 김동하에게 빌어야 할지 아니면 김동하가 친구들을 처리하는 동안에 이곳에서 달아나야 할지 전혀 갈피를 잡지 못했다.

서동혁에게 지금의 상황은 그의 판단력까지 붕괴시킬 정도로 충격적이었기 때문이었다.

그때 바닥에 엎드려 몸을 떨고있던 김상열이 대답했다.

"야, 약을 탔습니다 용서해 주세요."

김상열의 말에 서동혁의 두눈이 질끈 감겼다.

그로서는 결코 드러내고 싶지 않은 술의 비밀이 드러나자 이제는 김동하와 한서영의 손을 피할수 없다는 것을 느낀 것이다.

서동혁의 머릿속이 캄캄해지고 있었다.

김상열의 대답을 들은 한서영의 눈이 커졌다.

"약?"

김상열은 자신이 살아남을 수 있다면 뭐든지 털어놓아야 한다는 것을 느낀 것인지 필사적이었다.

"예! 흐흑 죄송합니다. 동혁이가 시켜서 약을 탔습니다. 흐흐흑."

한서영이 물었다.

"무슨 약이에요?"

김상열이 몸을 떨며 대답했다.

"히로뽕입니다."

"히로뽕? 마약 말인가요?"

"예!"

김상열이 정신없이 머리를 끄덕였다.

어떻게든 김동하의 저 무서운 벌은 피하고 싶은 김상열이었다.

한서영이 입술을 잘근 깨물면서 하얗게 질린 안색으로 엉거주춤 서 있는 서동혁을 쏘아보았다.

"저 개자식!"

한서영의 눈이 매섭게 떠지고 있었다.

의사인 한서영이 마약의 효능을 모를 리가 없었다.

만약 자신이 서동혁의 음모에 빠져 그가 건네는 술을 마셨다면 어떤 후유증을 겪게 될 것인지 너무나 빤히 짐작이 되었다.

더구나 김동하 없이 서동혁의 음모에 빠져 술을 마셨다면 그 뒤는 상상하기도 싫은 일이 벌어졌을 것은 당연했다.

아까 자신을 징그러운 시선으로 바라보며 김상열이 했던 말이 한서영의 머릿속에 떠올랐다.

마약에 취해 오늘밤을 넘겼다면 김상열의 말대로 자신은 이들의 충실한 노리개가 되어 있을 수도 있었을 것이다.

그것을 생각하자 한서영은 자신도 모르게 등에 소름이

돈을 지경이었다.

김동하가 물었다.

"히로뽕이라는 것이 무엇입니까?"

한서영이 대답했다.

"마약이야. 아편과 같은 것이지. 그것을 나한테 몰래 먹여 나를 저 개자식의 노리개로 만들려고 했어."

순간 김동하의 눈이 새파랗게 변했다.

아편이라면 김동하도 잘 알고 있었다.

예전에는 아편을 죽어가는 환자의 고통을 덜어주게 하는 진통제의 역할로 사용했던 적도 있었다.

하지만 대부분의 아편은 철없는 한량이나 파락호들이 유흥과 향락을 위해서 최음제로 사용하는 경우가 많았다.

그것을 자신의 아내가 될 한서영에게 몰래 사용할 생각이었다는 말에 김동하의 눈이 매섭게 변한 것이다.

눈을 감고 있는 서동혁은 김동하의 눈빛을 보지 못했지만 온몸에서 느껴지는 저릿한 살기에 몸이 후들거리고 있었다.

김동하가 물었다.

"여기 있는 자들 모두가 술에 마약을 탄 것을 알고 있었나?"

김상열이 대답했다.

"조, 종태가 데려온 여자들은 모르고 나머진 다 알고 있습니다."

김상열은 이왕에 털어놓는 김에 김동하를 속일 생각은
하지 않았다.

행여 속였다가 들킬 경우 더큰 응징을 당할수 있을 것이
라고 판단했다.

"종태라고?"

김동하가 최종태의 이름을 알 리가 없었기에 되물었다.

김상열이 힐끗 뒤를 돌아보았다.

그의 뒤에서 하얗게 질린 얼굴로 서동혁이 있는 곳으로
물러서고 있는 최종태의 모습이 보였다.

김상열이 최종태를 가리켰다.

"저 친구가 최종태라는 친구입니다."

최종태가 김상열의 입에서 자신의 이름이 흘러나오자 멈
칫했다.

마치 누군가에게 자신을 꼰지른다는 느낌이 들 정도로
김상열이 얄미워지는 최종태였다.

최종태의 시선이 따갑게 김상열을 노려보았다.

한서영이 이마를 찌푸리며 물었다.

"여자를 강제로 데려온 거예요?"

김상열이 대답했다.

"강제로 데려온 것은 아닙니다. 여자 중 한 명이 종태의
애인이고 나머지는 친구 사이라고 들었습니다."

한서영이 다시 물었다.

"그럼 여자들은 오늘 자신들이 마약을 마시게 될 것이라

는 것을 몰랐다는 말인가요?"

김상열이 머리를 끄덕였다.

"예! 몰래 먹일 생각이었습니다."

김동하가 나직하게 물었다.

"처음에는 저기 여자 분들에게 마약을 먹이려 했는데, 서동혁이라는 자가 우연히 나와 아내를 발견해서 계획을 바꾸어 날 제압한 후에 내 아내에게 마약에 취하게 해놓고 농락할 생각이었나?"

김상열이 지체없이 대답했다.

"예, 처음에는 종태가 데려온 여자들에게 사용하려고 했는데 동혁이가……."

말을 하던 김상열이 힐끗 한서영을 바라보다가 한서영의 시선이 차갑게 가라앉아 있는 것을 보며 다시 머리를 숙였다.

"카페에서 형님과 아내 분을 발견하고 계획을 바꾸었습니다. 용서해 주십시오."

김상열은 어떻게든 김동하의 단죄를 피하기 위해서 자신보다 어려보이는 김동하에게 형님이라는 호칭을 사용했다.

김동하는 자신을 형님으로 칭하는 김상열의 말에 아무런 반응도 하지 않고 차가운 표정으로 듣고 있을 뿐이었다.

김상열의 입에서 최종태의 애인 장수연과 그녀의 친구들에 관한 이야기가 흘러나오자 한쪽에서 몸을 떨던 장수연

과 그녀의 친구들이 머리를 들어올렸다.

김동하에 대한 두려움에 이곳에서 빠져나갈 생각밖에 없었던 장수연과 그녀의 친구들이었다.

하지만 서동혁 일행이 자신들에게 마약을 사용할 생각이었다는 말에 충격을 받은 얼굴들이었다.

장수연은 자신을 오늘밤 파티에 데려온 최종태를 멍한 표정으로 바라보았다.

그냥 밤새 술을 마시고 춤추며 놀 것이라는 말에 친구들까지 데려온 그녀였다.

그런데 그 이면에 사악하고 음흉한 계획이 숨겨져 있었다는 사실에 장수연의 머릿속이 마치 망치로 맞은 것처럼 멍해졌다.

한서영이 낮게 입을 열었다.

"그러니까 오늘밤 여기서 저기 앉아 있는 여자 분들에게 몰래 마약을 먹여 환각상태로 만들어 온갖 지저분한 짓을 계획했는데 그게 나와 내 남편을 만난 탓에 계획을 변경했다, 이 말인가요?"

김상열이 눈을 질끈 감고 대답했다.

"예."

김동하가 물었다.

"마약은 누가 가져왔지?"

김동하의 물음에 김상열이 흠칫했다.

오늘밤 마약을 책임진 것은 자신이었기 때문이었다.

김상열이 주저하며 대답했다.

"마, 마약을 가져온 것은… 제… 제가 가져왔습니다."

한서영이 눈을 반짝이며 물었다.

"마약을 쉽게 구할 수 있나 보군요?"

김상열이 머뭇거렸다.

마약의 구입 경로는 여기에 있는 서동혁을 비롯해 자신의 친구들도 모르는 비밀이었다.

서동혁에게 마약을 구하라는 지시를 받고 돈을 입금 받으면 자신이 몰래 알아서 구해왔다.

씀씀이가 헤픈 서동혁에게 항상 마약대금으로 500만 원 정도를 입금 받으면 그중 절반의 금액을 사용해서 가져온다.

남은 돈은 고스란히 김상열의 차지가 되기에 쏠쏠한 재미가 있는 부수입이었다.

그리고 마약의 구입처는 절대로 친구들에게도 말하지 않았다.

출처를 말한다면 자신이 위험하다고 둘러대었기에 서동혁도 군이 마약의 구입처를 알려고 하지 않았다.

한서영이 머뭇거리는 김상열을 보며 입을 열었다.

"말할 생각이 없다면……."

한서영은 김상열이 머뭇거리는 것을 보며 군이 마약의 거래처를 알고 싶은 생각은 없었다.

자신이 마약을 단속하는 경찰도 아니었고 또한 자신이

쾌락을 위해서 마약을 할 것도 아니었기에 알고 싶은 생각이 없어진 것이다.

그래서 말할 생각이 없다면 구태여 말하지 않아도 된다고 말하려고 했다.

하지만 김상열은 한서영이 털어놓지 않으면 김동하에게 자신을 단죄하라고 지시할 것 같은 압박감을 느꼈다.

김상열이 곧바로 대답했다.

"인천의 태명회라는 곳에 선배가 있습니다. 그 선배를 통해 약을 구입합니다."

한서영의 표정이 굳어졌다.

굳이 말하지 않아도 되는 것을 김상열이 털어놓는 것에 살짝 놀랐다.

한서영과 함께 김상열의 말을 듣고 있던 김동하의 눈이 껌벅였다.

마약의 거래처까지 모두 털어놓은 김상열이 땀을 흘리며 머리를 숙이고 있었다.

그는 이제 김동하의 손을 피한다고 해도 마약의 출처를 밝힌 이상 자신과 마약을 거래한 태명회의 선배에게 살아남지 못할 것이라는 것을 직감했다.

하지만 당장에 김동하의 손을 피하는 것이 먼저였다.

김동하는 김상열이 말한 태명회라는 것에는 전혀 관심이 없었다.

그것는 한서영도 마찬가지였다.

한서영은 태명회가 뭐하는 곳인지 또 인천 어디에 있는 곳인지 전혀 알고 싶은 생각이 없었다.

다만 그것을 털어놓은 김상열만 머릿속이 복잡해지고 있었다.

김동하가 머리를 숙이고 있는 김상열을 바라보며 입을 열었다.

"당신이 모든 것을 털어놓은 것에 대한 보답으로 당신에게서 천명을 회수하지는 않겠어. 하지만 앞으로 당신은 당신의 이름이 무엇인지조차 모르는 백치로 남은 생을 살게 될 거야."

말을 마친 김동하가 엎드린 김상열의 머리 뒤쪽 세 곳을 손가락으로 가볍게 눌렀다.

후정, 강간, 뇌호혈이었다.

다만 누르는 세기와 깊이가 조금 차이가 있었다.

한서영이 눈을 깜박이며 김동하를 바라보고 있었다.

한서영으로서는 처음 보는 수법이었다.

그런 것으로 사람을 백치로 만들 수 있다는 것에 놀랐다.

김동하가 김상열의 뒷머리 세 곳의 혈을 짚은 것은 김동하가 익힌 해동무의 비법 중 금정(禁情)이라는 수법이었다.

음탕하거나 사악한 사람의 본성을 금제하는 수법으로 금정을 펼치는 것보다는 해혈하기가 10배는 더 까다로운 수법이었다.

금정의 금제를 당하면 따로 해혈을 하지 않을 경우 아무 것도 모르는 백치의 상태가 되어 평생을 살아야 하는 무서 운 수법이었다.

김동하에게 금정의 금제를 당하는 김상열의 눈이 하얗게 뒤집어졌다.

한서영이 그런 김상열의 얼굴을 보며 놀란 듯이 물었다.

"어떻게 한 거야?"

그저 가볍게 머리를 누르는 것처럼 보였지만 김상열의 두 눈이 하얗게 뒤집어지는 것을 보며 놀란 한서영이었다.

김동하가 대답했다.

"스승님에게 배운 해동무의 금정이라는 수법입니다. 세 곳의 뇌혈을 각각 다른 깊이로 눌러서 기혈의 흐름을 막아 놓았지요. 아마 앞으로 이자는 세 살 먹은 어린아이 정도 의 지능으로 남은 생을 살게 될 것입니다. 만약 이자가 선 행을 쌓는다면 나를 다시 만나게 될 것이고 그때 운이 좋 다면 해혈을 해줄 수도 있을 것입니다."

김동하의 말에 한서영의 눈이 반짝였다.

다른 사람처럼 천명을 회수할 것이라고 생각했지만 의외 로 김동하는 김상열의 천명을 회수하지 않았다.

한서영이 다시 물었다.

"이 사람이 모든 것을 털어놓아서 천명을 회수하지 않은 거야?"

한서영의 물음에 김동하가 살짝 웃었다.

"비열하고 천박한 자이지만 천명을 회수할 정도로 사악한 인간은 아니었습니다. 하지만 저자나 저자는 천명을 회수할 생각입니다."

김동하가 턱으로 서동혁과 최종태를 가리켰다.

김동하가 김상열과 대화를 하고 있는 동안 서동혁이 서 있는 곳으로 몸을 피한 최종태가 흠칫 몸을 떨었다.

그의 쥐 눈처럼 작은 눈이 쉴 새 없이 흔들리고 있었다.

김동하가 김상열과 대화를 나누고 있는 사이에 최종태는 람세스에서 도망갈 구멍을 찾고 있었다.

뒷문이라도 있다면 그곳을 뚫고 달아날 생각이었다.

하지만 람세스는 오직 정문밖에 없는 곳이었다.

차라리 개구멍이라도 있었다면 그곳을 통해서라도 이곳을 빠져 나가고 싶은 최종태였다.

이제는 서동혁이 문제가 아니라 자신이 살고 싶은 욕망밖에는 없었다.

눈치 빠르고 친구들 사이에서도 날쌘돌이로 인정받고 있었던 김상열이 김동하의 손에 반항 한번 하지 못하고 엎드린 채 살려달라고 빌었다.

그 모습을 보며 최종태는 너무나 다급한 마음에 온몸이 땀으로 흠뻑 젖어 있었다.

서동혁은 이제 체념한 얼굴이었다.

이럴 줄 알았다면 웨이터들에게 문을 잠그지 말라고 부탁했어야 했다는 후회가 밀려들었다.

김상열에게 금정이라는 금제를 걸어놓은 김동하가 천천히 서동혁이 있는 곳으로 걸음을 옮겼다.

그때였다.

"살려주세요. 제발… 우리는 아무것도 몰랐어요."

한쪽에서 몸을 떨고 있던 최종태의 애인인 장수연이 눈물을 흘리며 김동하와 한서영을 바라보았다.

"살려주세요, 아저씨!"

"제발 우리는 그냥 놓아주세요, 언니."

장수연의 친구들이 눈물을 흘리며 김동하와 한서영에게 두 손을 빌고 있었다.

김동하의 발걸음이 멈추었다.

김동하와 함께 걸음을 옮기던 한서영이 눈을 크게 떴다.

"그게 무슨 말이에요? 어서 이쪽으로 나오세요. 당신들을 응징하려는 것은 아니에요."

한서영의 말에 여자들이 다급하게 한서영이 있는 곳으로 뛰듯이 다가왔다.

장수연의 얼굴은 온통 눈물 자국으로 가득했다.

만약 오늘 김동하와 한서영을 만나지 못했다면 자신과 친구들은 사악하고 비열한 서동혁과 최종태를 비롯한 사내들에게 만신창이가 되어 농락당했을 것이다.

장수연이 한서영의 손을 잡으며 울면서 입을 열었다.

"고마워요 언니, 정말 고마워요."

한서영이 장수연의 손을 마주 잡아주었다.

"울지 말아요. 그리고 이런 남자들은 늘 조심해야 해요."

장수연이 머리를 끄덕였다.

"그럴게요. 꼭 그럴게요."

장수연은 최종태의 뱀 같은 혓바닥에 농락당한 자신이 너무나 부끄러웠다.

최종태의 번듯해 보이는 겉모습에 혹한 자신이 미련하게 느껴졌고 호기로워 보이는 최종태의 친구들에게 호감을 느껴 이곳까지 따라온 것이 너무나 바보 같았다는 자책감이 들었다.

한서영의 손을 잡은 장수연이 눈물이 촉촉한 눈으로 돌처럼 굳은 얼굴로 서 있는 최종태를 노려보았다.

할 수만 있다면 최종태의 뺨을 찢어버릴 정도로 후려치고 싶은 심정이었다.

여자들이 모두 한서영의 뒤로 모여섰다.

이제 홀에 남은 것은 소파주변에 하얗게 질린 얼굴로 서있는 서동혁과 최종태 그리고 처음 한서영과 김동하를 발견했던 임진구뿐이었다.

임진구는 앉지도 서지도 못한 엉거주춤한 자세로 몸을 떨며 김동하를 바라보고 있었다.

할 수만 있다면 한서영과 김동하가 자신의 시선으로 들어오기 전의 시간으로 되돌리고 싶은 임진구였다.

김동하가 차가운 시선으로 서동혁과 최종태 그리고 임진구를 훑어보았다.

김동하의 입이 열렸다.

"너희 둘은 품고 있는 성정이 너무나 더럽고 추악해서 천명을 회수한다. 특히 서동혁이라고 했나? 너는 이미 강변에서 나와 대면한 이후 천명이 지워지고 있었음에도 반성하지 않았던 죗값을 톡톡히 치러야 할 것이다."

김동하의 말은 얼음장처럼 차가웠다.

서동혁의 몸이 움찔 떨리고 있었다.

임진구가 떨리는 목소리로 입을 열었다.

"저, 저는 살려주시는 것입니까?"

김동하가 피식 웃었다.

"난 아직 사람을 죽여본 적이 없다. 누가 널 죽인다고 하더냐?"

"그, 그게……."

임진구의 시선이 바닥에 널브러진 하성관과 유문종에게로 향했다.

그의 눈에는 하성관과 유문종이 마치 죽은 것처럼 보였기에 착각한 것이다.

김동하가 나직하게 입을 열었다.

"사람은 태어나면서 작게는 몇 개월, 많게는 백 년이 넘는 천명을 각각 하늘로부터 안배 받아 태어난다. 보통 사람들은 이것을 수명이라고도 하지. 나는 그 수명이라고도 불리는 천명을 하늘을 대신해서 돌려받을 뿐이다. 그래서 나는 서동혁이라는 자와 저 종태라는 자의 하늘로부터 부여받은 천명을 돌려받을 생각이다. 아마 대부분의 천명이 회수 당하게 될 거야. 남은 천명이 별로 없을 것이라는 말이지."

김동하의 말이 천둥소리처럼 서동혁과 최종태의 귀로 파고들었다.

서동혁이 흔들리는 시선으로 김동하를 바라보았다.

며칠 전 강변에서 보았던 독기로 가득했던 매서운 눈빛과는 전혀 다른 눈빛이었다.

서동혁은 친구인 하성관과 유문종처럼 자신도 변하는 것이 너무나 두렵고 무서웠다.

자신이 지금의 이런 상황에서 조금도 벗어날 수 없다는 것이 몸서리치게 싫었다.

조금 전까지 한서영을 농락하며 오늘밤의 쾌락을 기대하는 얼굴은 이제 그의 얼굴에 전혀 남아 있지 않았다.

서동혁이 두려움 가득한 시선으로 김동하의 뒤에 서 있는 한서영을 바라보았다.

한서영의 차가운 시선이 눈에 들어왔다.

서동혁이 갑자기 테이블 위로 거의 엎어지듯 올라와 무릎을 꿇었다.

서동혁의 얼굴은 진땀으로 가득했다.

"보상을 하겠습니다. 용서해 주십시오."

서동혁의 입에서 뜬금없는 말이 흘러나왔다.

그로서는 김동하를 상대로 싸우거나 반항을 할 생각은

조금도 없었다.

가진 게 힘뿐이라고 떠들고 다니던 하성관을 마치 세 살 먹은 어린아이처럼 너무나 쉽게 제압해버린 김동하였다.

지금까지 엄마가 가진 막대한 재력만 믿고 세상을 자신의 손끝으로 움직일 수 있다고 생각하며 살아온 서동혁이었다.

그런 서동혁에게 김동하라는 존재는 그야말로 천적과 같았기에 자존심을 포기한 것인지도 몰랐다.

서동혁이 테이블 위로 올라와 엎드리자 김동하가 성큼 서동혁의 앞으로 다가섰다.

이제 서동혁은 김동하가 손을 내밀면 닿을 위치였다.

울음을 터트리는 서동혁의 얼굴을 빤히 바라보는 김동하의 눈빛은 너무나 담담했다.

"보상?"

김동하의 물음에 서동혁이 마치 자동기계처럼 빠르게 머리를 끄덕였다.

"예! 얼마가 되든지 말씀만 하시면 저의 엄마가 돈을 드릴 수 있을 것입니다. 그러니 원하시는 액수를 말씀해 주시면 바로 돈을 드리겠습니다."

서동혁은 이 자리를 모면하고 싶은 생각에 필사적이었다.

김동하가 물끄러미 서동혁을 바라보았다.

"너의 이름이 서동혁이라고 했지?"

김동하가 서동혁의 얼굴을 빤히 보며 물었다.

서동혁이 김동하를 올려다보았다.

두려움과 공포 가득한 서동혁의 눈빛은 이미 초점을 잃은 듯 심하게 흔들리고 있었다.

"예, 예. 서동혁입니다."

김동하가 낮은 목소리로 물었다.

"삶과 죽음을 돈으로 흥정할 수 있을 것 같나? 물론 넌 지금 당장은 죽지 않을 거야. 하지만 이제까지 네가 남은 인생에서 너무나 멀리 있다고 생각했던 죽음이 네 생각보다 훨씬 가까이 있다는 것을 깨닫게 되겠지. 그리고 그것을 너의 눈으로 확인하게 될 거야. 그것을 돈으로 막을 수 있다고 생각하나?"

서동혁이 몸을 떨며 대답했다.

"제, 제발 살려주십시오. 용서해 주신다면 절대로 두 분의 앞에 두 번 다시 나타나지 않겠습니다. 어허헝."

서동혁이 아이처럼 울음을 터트렸다.

그러나 김동하는 전혀 흔들리지 않았다.

김동하가 낮은 목소리로 물었다.

"서동혁! 너의 모친을 언제 보았지? 그날 밤 강변에서 우리를 만난 이후 너의 모친을 본 적이 있는지 묻는 거야."

김동하의 말에 서동혁이 눈을 껌벅였다.

그날 한강변에서 한서영과 김동하에게 호되게 당한 이후 집에 들어가 본 적이 없었다.

엄마에게 전화도 걸려오지 않았고 자신 역시 엄마에게 전화를 걸어본 적이 없었다.

단지 엄마가 내어준 카드를 가지고 매일 밤 이렇게 술집을 전전하며 친구들과 어울려 분한 마음을 달래었을 뿐이었다.

서동혁이 말을 하지 못하고 입술만 달싹였다.

"그게……."

김동하가 천천히 머리를 흔들었다.

"모친을 보지 못한 모양이군? 너에겐 또 하나의 죄악의 업보가 늘었다. 네 모친은 비록 악한 성품으로 가득한 여인이었지만 너에겐 모친이 아니더냐?"

서동혁이 떨리는 목소리로 대답했다.

"요, 용서해 주신다면 지금 당장 엄마에게……."

김동하가 머리를 흔들었다.

"이젠 그럴 필요 없다. 너도 너의 모친과 같을 테니까."

김동하의 말에 서동혁이 눈물이 가득한 얼굴로 김동하를 바라보았다.

김동하가 차가운 목소리로 입을 열었다.

"그날 너와 네 모친의 천명의 일부분을 회수했었지. 너에겐 그나마 일부분이었지만 너와는 달리 네 모친은 그 사악함과 모진 성품이 스스로 천명을 돌려주는 것을 자처했다. 아마 네 모친은 지금쯤 저기 천명을 회수당한 자들과 그리 다르지 않은 모습일 것이다. 네 모친이 내 아내를 해

치려 하지만 않았다면 천명을 건드리지는 않았겠지만 모친의 악독한 심성이 스스로 자처한 것이라는 말이다.”

김동하의 말에 서동혁의 얼굴이 하얗게 질려갔다.

“어, 엄마가…….”

서동혁의 머릿속에 엄마 윤수경의 후덕한 얼굴이 떠올랐다.

아주 미인은 아니었지만 부유함이 저절로 느껴질 정도로 복스러운 얼굴의 엄마였다.

그런 엄마의 얼굴이 친구 하성관이나 유문종처럼 변했다는 것이 믿어지지 않았다.

서동혁의 눈앞이 캄캄해졌다.

지금 당장 엄마를 보고 싶었고 이곳에서 떠나고 싶었다.

하지만 그런 서동혁의 귀로 김동하의 차가운 목소리가 이어졌다.

“너의 품성이 너의 모친을 닮은 것 같더군. 자신이 손에 쥔 것은 단 한 개도 놓으려 하지 않고 남의 손에 들려 있는 것은 집요할 만큼 탐을 내고 욕심을 부린다. 손에 칼을 들어 남의 살을 자르면서도 남이 고통스러워하는 것은 생각하지 않고 자신의 손이 더러워지는 것만 귀찮게 생각하는 사람이 바로 너의 모친이다.”

김동하의 냉정한 시선이 서동혁의 얼굴을 노려보았다.

“너 역시 마찬가지다. 아름다운 꽃을 보았다고 해도 그저 가만히 그 아름다움을 지켜보는 것으로 족하지 않고 꺾

어서 가지고 놀다 쉽게 싫증을 내고, 기어코 짓이겨서 부
숴버리는 철부지가 바로 너다. 너의 모친이 가진 그 사악
한 성품을 그대로 이어받은 것이지. 이 세상에서 너를 건
드릴 수 있는 사람은 없다고 자신하며 오만하게 살아온 너
의 그 짧은 청춘은 비열하고 추악한 업보로 이어졌다고 생
각해야 할 거야."

김동하의 말은 그대로 비수가 되어 서동혁의 가슴을 후
벼 팠다.

김동하의 말대로 서동혁은 자신이 이 세상에서 할 수 없
는 것은 없다고 생각하며 살아온 철부지였다.

누구든 자신의 눈에 띄어 마음에 들면 반드시 손에 넣어
야 만족했다.

그게 질리면 너무나 쉽게 버리고 또 다른 것을 찾아서 아
귀처럼 탐욕에 가득한 시선을 돌렸다.

그런 그를 야단치는 사람도 없고 오히려 엄마의 치마폭
에 싸여 보호를 받았기에 비틀어진 성품을 바로잡을 기회
도 없었다.

서동혁이 온몸을 부들부들 떨었다.

"어, 엄마가……."

서동혁은 엄마 윤수경이 김동하에게 천명을 뺏긴 하성관
이나 유문종처럼 추악하게 늙은 모습으로 변했다는 것에
충격을 받았는지 몸을 떨고 있었다.

김동하가 나직하게 입을 열었다.

"서동혁! 더 이상 긴 말은 필요 없겠지. 비루하고 천박한 너의 쾌락을 위해서 타인의 삶을 송두리째 파탄을 내었음에도 후회하지 않고 사악하게 살아온 너를 하늘을 대신해서 그 사악한 성품을 단죄하기 위해 천명을 회수할 것이다. 남은 인생은 그리 길지 않을 것이니 남은 생이라도 올바른 모습으로 살아 보거라."

말을 마친 김동하가 서동혁의 머리에 손을 얹었다.

순간 서동혁의 바지 아래쪽이 축축해졌다.

오줌을 싼 것이다.

서동혁이 싼 오줌이 테이블을 타고 흐르며 가장자리에서 아래로 흘러내렸다.

김동하의 손에 머리를 잡힌 서동혁이 마치 아기 새처럼 파르르 떨었다.

하지만 움직일 수도 없었고 김동하의 손을 피할 수도 없었다.

마치 스스로 김동하에게 머리를 내어준 것 같은 착각이 들 정도였다.

뒤에서 최종태와 임진구가 공포에 질린 시선으로 김동하와 서동혁을 바라보고 있었다.

서동혁의 눈에서 눈물이 흘러나왔다.

주르르륵—

서동혁이 울고 있었지만 김동하는 전혀 표정에 변화가 없었다.

한서영이 그런 김동하를 보며 입술을 깨물었다.

평소에는 너무나 순박하고 착하지만 악행에 대해 단죄를 내릴 때에는 한서영조차 가슴이 떨릴 정도로 무섭고 단호한 사람이 바로 김동하였다.

스스스스스.

김동하의 손에서 희미한 진동음이 흘러나왔다.

순간 20대 초반의 팽팽하던 서동혁의 얼굴이 급속하게 변하기 시작했다.

"꺄악~."

최종태의 애인이라고 불렸던 장수연이 손으로 입을 가리며 뾰족한 비명을 질렀다.

다른 여자들도 몸을 덜덜 떨며 서로의 손을 잡았다.

한서영과는 달리 지금 김동하가 천명을 회수하는 장면은 처음인 여자들에게 지금의 장면은 꿈에서도 나타날까 두려운 너무나 공포스러운 장면이었다.

아까 하성관과 유종문에게 천명을 회수할 때는 약간 떨어진 거리에서 보아서 그나마 나았다.

그런데 지금은 한서영과 함께 거의 눈앞에서 김동하가 서동혁의 천명을 회수하는 것을 지켜보고 있었다.

김동하에게 천명을 회수당하는 서동혁의 머리칼이 순식간에 하얗게 변해갔다.

동시에 얼굴은 지렁이 같은 주름으로 삽시간에 뒤덮이기 시작했다.

콰당—

서동혁이 김동하에게 천명을 회수당하는 것을 지켜보던 최종태가 너무나 큰 공포에 견디지 못하고 바닥으로 쓰러졌다.

사람을 눈앞에서 죽이는 것보다 더 무섭고 두려운 장면이 천명을 회수당하는 순간이었다.

김동하가 서동혁의 머리에서 손을 뗐다.

순간 서동혁이 테이블에 그대로 엎어지듯 쓰러졌다.

털썩—

퍽석—

서동혁이 쓰러지는 탓에 테이블 한쪽에 올려놓았던 술병이 바닥으로 떨어지며 깨어졌다.

서동혁이 한서영에게 강제로 먹이려고 했었던 마약을 탄 술병이었다.

하지만 아무도 술병에 신경을 쓰는 사람이 없었다.

테이블 위에 엎어진 서동혁은 조금 전까지 보았던 모습이 아니었다.

젊고 건강했던 몸뚱이는 왜소한 모습으로 변해 있었고, 눈물을 흘린 탓에 젖어 있었던 그의 얼굴은 이제 80대의 노인처럼 주름으로 가득했다.

더구나 눈 밑에 저승꽃이라 불리는 검버섯까지 피어올라 있었다.

때문에 그 어떤 사람이 본다 해도 지금의 서동혁이 조금

전까지는 20대의 꽃다운 나이의 젊은 청년이었다고는 상상조차 할 수 없을 것이다.

김동하가 나직하게 입을 열었다.

"남은 생이 그리 길진 않을 것이니 남은 생이나마 사람답게 살다가 가거라. 너와 네 모친이 천금처럼 믿는 그 돈도 네 삶을 다시 돌려주진 않을 것임을 명심해야 할 거다. 부디 내세에서는 선한 마음의 성품으로 태어나거라."

나직하게 중얼거리는 김동하의 말은 천신의 말처럼 묘한 울림을 안겨주었다.

이 모습을 바라보고 있는 서동혁의 자전거 동호회 친구인 임진구가 하얗게 질린 얼굴로 몸을 떨고 있었다.

서동혁에게 천명을 회수한 김동하가 테이블 아래로 쓰러진 최종태를 힐끗 보다가 임진구에게 시선을 돌렸다.

"너는 그자를 일으켜 세우거라."

냉정하고 차가운 말이었다.

"예, 예. 알겠습니다."

임진구는 자신도 모르게 바닥에 쓰러진 최종태를 억지로 일으켜 세웠다.

김동하의 말을 듣지 않는 순간 자신도 서동혁처럼 변하게 될 것 같아서 말이 떨어지는 순간 그대로 최종태를 일으켜 세웠다.

최종태의 몸이 임진구보다 훨씬 크고 무거웠지만 임진구는 평소라면 절대로 할 수 없을 것 같은 괴력을 뽑아내서 최종태를 번쩍 안아서 테이블에 올려놓았다.

최종태는 정신을 잃은 듯 눈을 감고 있었다.

김동하가 잠시 최종태를 내려다보다가 고개를 돌려 람세스의 종업원을 돌아보았다.

람세스의 종업원들은 가게에서 벌어지고 있는 너무나 두려운 상황에 숨소리조차 제대로 내지 못하고 하얗게 질린 얼굴로 바라만 보고 있을 뿐이었다.

도망을 갈 수도 없었고 몸을 피할 엄두도 내지 않은 돌덩이처럼 굳어진 모습이었다.

그들에게 지금 김동하는 그야말로 신이었고 저승사자였다.

김동하가 입구에 서 있는 람세스의 종업원들을 바라보며 입을 열었다.

"이자가 정신을 차릴 수 있도록 얼음물을 좀 가져다주시겠습니까?"

김동하의 말은 너무나 차분했다.

종업원들은 김동하의 말에 화들짝 놀란 얼굴로 대답했다.

"예! 예 알았습니다."

후다닥—.

람세스의 홀 안에서 서동혁 일행의 시중을 들기 위해 대기하고 있던 람세스의 종업원들은 모두 5명이었다.

그들 모두가 마치 이제야 살길을 찾았다는 듯이 모두 가

게의 주방으로 달려들었다.

잠시라도 김동하의 시선에서 벗어나고 싶었기에 모두가 필사적으로 움직였다.

잠시 후 종업원 두 명이 투명한 그릇에 얼음을 가득 채운 얼음물을 들고 조심스럽게 김동하에게 다가왔다.

얼음물은 모두 두 그릇이었다.

큰 대접 같은 그릇이었기에 물은 충분할 것이었다.

김동하의 왼쪽에 서 있던 종업원이 들고 있는 얼음물을 조심스럽게 내밀었다.

"여, 여기 있습니다."

김동하가 얼음물을 받았다.

"감사합니다."

김동하가 감사를 표하자 종업원들이 황급히 손사래를 쳤다.

"아, 아닙니다."

김동하가 종업원에게 받은 물을 최종태의 얼굴에 쏟았다.

촤아악―

차가운 얼음물이 얼굴에 떨어지자 극심한 공포에 놀라서 기절했던 최종태가 눈을 떴다.

마치 잠을 자다가 일어난 듯 멍한 얼굴이었다.

김동하가 몸을 돌려 오른쪽의 종업원이 들고 있던 얼음물을 다시 받았다.

이번에는 사정없이 최종태의 얼굴에 끼얹었다.

촤아아악—

따따닥—

얼음물에 담겨 있던 얼음조각이 최종태의 얼굴을 마치 두들기듯 때렸다.

"억!"

최종태가 아픈 듯 얼굴을 찌푸리며 김동하를 올려보았다.

그의 눈에 차가운 얼굴로 자신을 바라보고 있는 김동하의 모습이 보였다.

최종태가 자신도 모르게 김동하에게서 멀어지려는 듯이 뒤로 움직였다.

김동하가 싸늘한 시선으로 최종태를 바라보았다.

"넌 짐승보다 못한 놈이다. 어쩌면 저 서동혁이라는 자보다 더 사악하고 나쁜 놈이지. 어찌하여 네 여인을 쾌락의 도구로 사용할 생각이었느냐? 다른 누구보다 너를 믿었고 너를 의지했던 사람을 네 스스로 지옥으로 밀어 넣을 생각을 하다니. 그 업보를 어찌 감당하려 했느냐?"

서릿발 같은 추궁에 최종태가 덜덜 떨었다.

"요, 용서해 주십시오. 제가 잘못했습니다."

김동하가 머리를 흔들었다.

"널 용서할 사람은 내가 아니라 너의 여인이다. 너를 믿었던 여인을 배신한 것을 어째서 나한테 용서를 구하느냐?"

김동하가 차가운 눈으로 최종태를 쏘아보았다.

최종태가 급하게 한서영의 옆에 서 있는 애인 장수연을 바라보았다.

"수, 수연아! 용서해줘 제발."

최종태가 두 손을 앞으로 모은 채 싹싹 빌었다.

장수연이 눈물을 흘리며 시선을 돌렸다.

만약 김동하와 한서영이 없었다면 자신과 친구들은 영문도 모르고 마약에 취해서 서동혁과 최종태를 비롯한 더러운 사내들의 손에 밤새 농락당했을 것이다.

장수연은 믿었던 최종태의 마음속에 그런 더러운 생각이 숨겨져 있었을 것이라곤 상상도 하지 못했다.

그 때문에 배신감은 이루 말할 수 없을 정도로 컸다.

장수연이 머리를 돌리자 최종태가 급하게 테이블에서 내려와 장수연의 앞으로 뛰듯이 다가왔다.

털썩—

장수연의 앞으로 다가선 최종태가 급하게 무릎을 꿇었다.

"수연아. 오빠가 정말 잘못했다. 부디 용서해줘. 제발 나 좀 살려줘. 응?"

눈물을 흘리며 잘못을 비는 최종태의 말에도 장수연이 머리를 돌려 외면했다.

하지만 장수연의 눈에서도 눈물이 흘러나오고 있었다.

김동하가 그런 최종태와 장수연의 모습을 무심한 표정으

로 바라보았다.

김동하가 물었다.

"낭자는 이자를 용서할 생각이 없습니까?"

천명의 권능을 사용하는 탓에 오랜만에 김동하의 입에서 예전에 사용하던 어투가 흘러나왔다.

한서영도 오랜만에 김동하의 입에서 낭자라는 단어를 듣자 기분이 묘해졌다.

장수연도 놀란 얼굴로 김동하를 바라보았다.

"나, 나는……."

김동하가 나직하게 입을 열었다.

"낭자가 용서할 생각이 없다면 이대로 이자의 천명을 회수해도 되겠습니까?"

김동하의 말에 최종태가 그대로 장수연의 다리를 부둥켜안았다.

"수연아. 내가 잘못했어. 제발 용서해줘. 나 좀 살려줘. 허허허헝."

최종태가 어린아이가 엄마에게 보채는 것처럼 장수연의 다리에 매달리며 울음을 터트렸다.

장수연이 잠시 머뭇거리다 입을 열었다.

"오, 오빠가 그냥 우리랑 즐겁게 파티를 한다고만 해서 난 그것을 믿었어. 그런데 우리를 속인 것은 정말 나쁜 일이야. 오빠에게 속은 나는 그렇다고 하지만 내 친구들은 무슨 죄야? 오늘 이후로 내 친구들이나 나는 진짜 두 번 다

시 오빠 같은 사람을 믿지 못하게 될 거야."

눈물을 흘리면서 말하는 장수연의 목소리는 무척 냉정하고 싸늘했다.

"용서해 달라고? 그래, 멍청하게 오빠를 믿은 내 잘못도 있으니 용서해 줄게. 하지만 두 번 다시는 오빠와 마주치기 싫어."

장수연의 말이 끝나자 최종태가 몸을 떨었다.

그로서는 장수연이 자신을 용서한 것인지 용서하지 않은 것인지 언뜻 파악이 되지 않았다.

단순하게 장수연의 입에서 용서한다는 말이 나왔으니 용서를 받은 것으로 생각했다.

그가 머리를 들어올렸는데도 장수연은 그의 시선을 외면했다.

최종태의 등 뒤에서 김동하의 목소리가 들려왔다.

"네 여인에게 용서를 받았다고 해도 네 추악한 심성은 서동혁과 그렇게 다르지 않다. 널 믿은 사람을 배신하고 다른 사람을 속이고 네 사악하고 더러운 욕념의 쾌락을 위해 타인의 인생을 송두리째 파탄 내려 했던 너의 죗값으로 천명을 회수한다."

참으로 단호한 김동하의 말이었다.

순간 최종태의 몸이 덜덜 떨렸다.

장수연이 눈물을 흘리며 몸을 돌렸다.

차마 최종태가 서동혁처럼 변하는 것을 지켜볼 수가 없

었던 것이다.

이내 최종태도 서동혁과 같은 모습으로 변하여 바닥에 쓰러졌다.

마지막으로 남은 임진구는 자신도 서동혁이나 최종태처럼 될 것 같아서 무조건 눈물을 흘리며 용서를 구했다.

하지만 임진구는 천명의 회수 대신 김상열처럼 금정의 금제만 당했다.

천명을 회수 당하지는 않았지만 평생을 세 살 아이 정도의 지능으로 살아야만 했다.

사내들을 모두 처리한 김동하가 머리를 돌려 람세스의 종업원들을 바라보았다.

"문을 열고 이자들을 잠시 문밖으로 데려가 주시겠습니까? 사람들의 눈에 띄지 않는 곳이면 됩니다. 그 후 제가 이자들을 처리할 것입니다."

서동혁의 일행을 이곳 람세스에 버려둘 순 없는 일이었다.

만약 그렇게 된다면 람세스는 단번에 밤 9시 뉴스에 초특급 기사거리가 될 것이 분명했다.

그 때문에 종업원들이 서동혁 일행을 바깥에 내놓는다면 김동하가 그들을 모두 먼 곳으로 데려다 놓을 생각이었다.

김동하의 말은 람세스의 종업원들에게는 염라대왕의 말보다 더 두려운 말이었다.

"아, 알겠습니다."

람세스의 종업원들이 바닥에 쓰러진 서동혁 일행들을 정리하기 시작했다.

그들은 행여 김동하의 심기를 건드릴까 조바심을 내며 재빠르게 움직였다.

김동하가 한서영을 보며 입을 열었다.

"누님은 이분들과 함께 이곳에서 잠시만 기다려 주셔야 할 것 같습니다. 제가 저자들을 처리해야 할 것 같으니까요."

한서영이 눈을 껌벅였다.

"주, 죽일 거야?"

김동하가 피식 웃었다.

"멀리 강 건너에 데려다 놓을 생각입니다."

"그, 그래?"

한서영의 입이 살짝 벌어졌다.

김동하의 능력을 누구보다 잘 알고 있는 한서영이었다.

김동하라면 서동혁 일행을 강 건너에 몰래 데려다 놓고 돌아오는 것은 어렵지 않을 것이다.

자신 역시 김동하의 품에 안겨 세명대학병원의 본관병동 옥상까지 날아오른 적도 있었고 백령도에 갈 때에도 사람들 모르게 몰래 배에 탄 김동하의 능력도 기억하고 있었다.

김동하가 한서영을 보며 입을 열었다.

"그리 오래 걸리지 않을 것입니다. 뜨거운 차 한잔, 아니

10분 정도면 모두 처리하고 돌아올 수 있을 겁니다."

한서영이 머리를 끄덕였다.

"알았어."

람세스의 종업원들이 이내 서동혁 일행을 모두 가게 밖의 주차장 한쪽에 모아놓았다.

김동하에게 천명을 회수당한 사내들은 처음 가게에 들어올 때 보았던 것과는 달리 모두 확연하게 체중이 줄어들어 있었다. 가진 게 힘뿐이라고 자랑했던 하성관조차 그보다 키가 작았던 람세스의 종업원이 가볍게 업고 주차장까지 옮길 수 있을 정도였다.

람세스의 주차장은 고객용이 아니라 람세스의 사장이 개인적으로 사용하는 주차장이었다.

그 때문에 차 한 대만 주차할 수 있는 공간이었고, 오늘 밤은 사장의 차 대신에 람세스 가게에서 사용하는 승합용 차가 한 대 주차되어 있었다.

오늘밤 람세스를 통째로 빌린 최고 VIP고객인 서동혁이 어떤 심부름을 시킬 줄 몰라서 차를 대기시켜놓은 것이다.

서동혁의 일행은 주차장의 승합차 뒤에 모두 모아 놓았다. 이내 서동혁의 일행을 모두 주차장으로 옮긴 람세스의 종업원 중 약간 나이가 들은 종업원이 조심스럽게 김동하에게 다가왔다.

"저, 저기 시키신 대로 모두 밖에 데려다 놓았습니다."

김동하에게 다가온 종업원은 오늘밤 람세스의 모든 영업

을 책임진 홀 지배인 민영식이었다.

람세스의 사장은 가게에 얼씬도 하지 않았다.

비록 람세스의 매상을 엄청나게 올려주는 최고의 VIP손님인 서동혁이지만 나이도 어린 서동혁에게 함부로 하대를 당하는 것도 싫고 업신여김을 받는 것도 자존심이 상한 람세스의 사장이 홀 지배인 민영식에게 오늘밤 파티를 모두 맡긴 것이다.

민영식은 김동하가 너무나 무서웠다.

그냥 머리에 손을 가져가는 것으로도 사람이 한순간에 늙어버리는 것은 꿈에도 상상하지 못한 권능이었다.

김동하가 머리를 끄덕였다.

"소란하게 해서 미안합니다. 잠시 나갔다 올 테니 여기를 정리하시고 여자 분들에게 음료수라도 내어 주시길 바랍니다."

서동혁의 일행들을 응징할 때와는 달리 김동하의 말은 너무나 부드러웠다.

민영식이 급하게 허리를 숙였다.

"거, 걱정하지 마십시오."

김동하는 겁을 잔뜩 먹은 민영식을 보며 흰 이를 드러내며 웃었다.

"그렇게 두려워할 필요는 없습니다. 그리고 이곳의 일은 아무도 모를 것이니 크게 걱정하지 않아도 될 겁니다."

"아, 알겠습니다."

김동하가 두려워하지 않아도 된다고 안심시켰지만 민영식은 여전히 김동하가 두려웠기에 떨리는 음성으로 대답했다. 김동하가 한서영을 보며 입을 열었다.

"그럼 저 나갔다가 돌아올 것이니 누님께서 여자 분들을 다독여 주세요."

한서영이 머리를 끄덕였다.

"알았어. 빨리 돌아와야 해. 나도 여긴 무서워."

한서영이 람세스의 홀을 돌아보며 중얼거렸다.

한서영은 태어나서 이런 술집이 있다는 것은 처음으로 경험하고 있는 중이었다. 홀 안은 붉고 푸른 조명이 반짝이고 있었고 벽에는 여러 종류의 술병들이 진열된 상품처럼 놓여 있었다.

한서영에게 이런 술집은 가끔 우연한 기회에 시청하게 되는 드라마에 잠시 나오는 것일 뿐이었다.

김동하가 한서영과 장수연을 비롯한 여자들을 힐끗 돌아본 후에 이내 람세스 밖으로 나갔다.

람세스의 종업원들은 모두 입구 쪽에서 마치 도열하듯 늘어서서 김동하를 지켜보고 있었다. 그들은 김동하가 이곳을 떠나는 순간까지 절대로 그의 심기를 건드리고 싶지 않았기에 끝까지 최선을 다하려는 모습이었다.

제일 앞쪽에 서 있는 종업원은 람세스의 홈 바에서 여자들에게 칵테일을 만들어주던 바텐더였다.

그는 귀신을 본 듯한 시선으로 입구 쪽으로 다가오는 김

동하를 바라보고 있었다.

　김동하가 입구에 도열한 사내들을 힐끗 보며 살짝 머리를 숙이고 이내 가게 문을 빠져나갔다.

　"다녀오십시오."

　"다녀오십시오."

　람세스의 종업원들이 마치 짜 맞춘 듯 김동하의 등을 향해 인사를 했다. 종업원들의 인사를 받고 문을 나서는 김동하의 입가에 어색한 미소가 떠올랐다.

조선남자

朝鮮男子

-천능의 주인-

변수(變數)

또각또각—

맑은 구두굽소리를 울리며 걸음을 옮기는 한서영의 발걸음은 무척 가벼웠다.

오랜만에 다시 돌아온 세명대학병원의 본관이었기에 한서영의 얼굴을 아는 간호사들과 의사들이 놀란 얼굴로 한서영을 바라보고 있었다.

근신처분을 받기 전 병원에서 늘 보았던 한서영이 아닌 너무나 아름답고 늘씬한 한서영의 모습은 단숨에 세명대학병원의 본관을 술렁이게 만들었다.

한서영의 모습은 어제의 모습과는 전혀 달랐다.

어제는 보는 사람들이 놀랄 정도로 매혹적이었다면 오늘의 한서영은 단아하고 청순했다.

무릎이 살짝 드러날 정도의 흰색 치마와 비취빛의 블라우스를 걸친 한서영은 한서영의 미모를 이미 알고 있는 사람까지 놀라게 만들 정도였다.

한서영이 막 본관병동 2층으로 올라설 때였다.

"어머, 한선생님."

내과병동의 숙련간호사인 이미영 간호사가 한서영을 보며 반색을 했다.

한서영도 이미영 간호사를 알고 있었다.

"호호, 오랜만이네요."

한서영이 고른 치아를 내밀며 맑게 웃었다.

내과과장인 김철민 교수로부터 근신처분을 받은 이후 처음으로 병원에 모습을 드러내는 한서영이었다.

이미영 간호사가 웃으면서 다가왔다.

"내일부터 다시 병원 출근이죠? 미리 인사하러 온 거예요?"

내일이면 김철민 교수의 징계가 풀리는 날이라는 것을 이미영 간호사는 이미 알고 있었다.

한서영이 살짝 입술을 비틀며 묘하게 웃었다.

"글쎄요."

한서영이 생각하지 못한 반응을 보이자 이미영 간호사의 눈이 동그랗게 변했다.

세명대학병원 내과 인턴 한서영에 대한 소문은 병원의 모든 병동에서 근무하는 간호사들 사이에서 모르는 사람이 없을 정도로 잘 알려져 있었다.

세명대학병원의 최고 미인의사라는 말이나 남자에게도 지지 않는 깐깐한 고집 등은 여자들에게도 제법 많은 호응을 얻고 있었다.

아름답고 예쁜 얼굴로 인해 차후 세명대학병원의 홍보자료 모델로 한서영을 이용할 것이라는 소문도 흘러다닐 정도였다.

이미영 간호사가 한서영을 바라보았다.

한서영이 입을 열었다.

"그게 아니라 병원 복귀를 좀 미룰 생각이에요."

한서영은 아빠의 부탁으로 김동하와 미국을 다녀오기 위해서 징계가 풀리더라도 병원 복귀를 잠시 미룰 것을 고민했다.

그러다 결국 김철민 교수를 찾아 부탁하기로 결정했다.

레지던트도 아닌 겨우 인턴의 신분으로 김철민 교수에게 황당한 부탁을 해야 한다는 것이 부담스러웠지만 어쩔 수 없는 일이었다.

김동하 혼자서만 미국으로 떠나는 것은 한서영에게는 절대로 있을 수 없는 일이었기 때문이다.

한서영이 복귀를 미룬다는 말에 이미영 간호사가 놀란 듯 눈을 동그랗게 떴다.

"왜요?"

인턴이라면 1년의 수습기간 중에 자신이 레지던트로서 선택할 의과의 진로를 결정해야 하기 때문에 1분 1초가 아까울 것이었다.

한서영의 경우에는 내과를 거의 확정하고 있다는 것은 알고 있었지만 아직 완전하게 결정된 것은 아니었다.

그런 한서영이 병원 일을 미룬다는 것은 미래의 한서영의 진로가 바뀔 수도 있는 일이었다.

이미영 간호사의 말에 한서영이 살짝 웃었다.

"그럴 일이 좀 있어요."

김동하와 미국을 간다는 말을 굳이 이미영 간호사에게는 떠벌일 일이 아니라고 생각한 한서영이었다.

그때 2층 복도를 지나가는 낯익은 간호원들이 한서영을 발견하고 놀란 표정으로 가볍게 인사하고 빠르게 지나갔다.

한서영이 이미영 간호사를 보며 입을 열었다.

"의국에 잠시 들렀다가 김교수님을 뵙고 돌아갈 거예요."

이미영 간호사가 아쉬운 듯 머리를 숙였다.

"아, 알겠습니다."

이미영 간호사와 헤어진 한서영이 몸을 돌려 의국으로 향했다.

의국은 레지던트나 인턴들이 병원 내에서 휴식이나 대기

하는 방이었다.

한서영도 근신징계를 받기 전에 의국에 머물렀다.

한서영이 의국의 문 앞에 도착해서 잠시 호흡을 가다듬었다.

징계로 병원을 떠나기 전에 이곳에서 머물렀던 탓에 잠시 의국을 돌아보고 김철민 교수를 찾아볼 생각이었다.

똑똑.

노크를 하자 안에서는 아무런 소리도 들리지 않았다.

이내 방문을 연 한서영이 의국의 안쪽을 흔들리는 시선으로 살폈다.

아무도 없었다.

한서영이 의국에 머물렀을 때 자신이 주로 사용했던 침대와 책상을 잠시 살펴보다가 시선을 돌렸다.

선배인 최태영도 없었고 친구이자 동료라고 할 수 있는 류상태도 없었다.

아마 응급센터에서 정신없이 환자들을 진료하고 있을 것이라는 생각이 들었다.

한서영이 다시 한번 의국을 훑어보았다.

모퉁이 한쪽에 놓인 옷걸이에 자신이 이곳을 떠날 때 걸어놓은 것으로 보이는 가운이 걸려 있었다.

자신이 이곳을 떠나기 전과 전혀 달라진 것도 없었고 새로운 사람이 온 것도 아닌 것 같았다.

방문을 닫은 한서영이 몸을 돌렸다.

최태영이 비록 자신과는 그다지 좋지 않은 관계였지만 자신이 레지던트 과정을 시작할 때는 레지던트 4년의 과정을 마치고 전문의 자격을 따기 위해 병원을 떠나야 할 것이었다.

때문에 얼굴 정도는 확인하고 싶었던 한서영이었다.

의국을 확인한 한서영이 엘리베이터가 있는 곳으로 걸음을 옮겼다.

내과과장인 김철민 교수의 연구실은 본관병동 11층에 위치하고 있다는 것을 잘 알고 있었다.

엘리베이터의 호출버튼을 누른 한서영이 한걸음 물러서서 엘리베이터의 스테인리스 문에 비치는 자신의 모습을 바라보았다.

단정하고 여자로서의 단아함이 느껴지는 옷차림이었다.

오늘 이 옷을 입고 병원을 다녀올 것이라고 김동하에게 말하자 만족한 표정을 짓던 것이 떠올랐다.

한서영의 입가에 살짝 미소가 흘렀다.

어떻게 김동하를 생각하면 이런 기분이 드는 것인지 그녀 자신도 모를 정도였다.

때앵—

맑은 쇳소리와 함께 엘리베이터가 도착했다.

병원에 근무하는 의사들이나 간호원들은 1, 2층의 짧은 층수를 이동할 땐 가능하면 엘리베이터를 이용하지

않는다.

병원을 내왕한 환자들을 위해서 배려하는 차원일 수도 있었지만 엘리베이터를 기다리는 것보다 계단을 통하는 것이 더 빠르다는 것을 알고 있었기 때문이다.

엘리베이터에는 환자복을 입은 몇 명의 환자들이 엘리베이터의 앞에 서 있는 한서영을 바라보고 있었다.

한서영이 살짝 머리를 숙이고 11층 버튼을 눌렀다.

이내 엘리베이터가 상승했다.

올라가는 동안 입원실이 있는 곳에서 환자들이 내렸다.

11층에 도착했을 때는 한서영 외에 다른 사람은 엘리베이터에 타고 있지 않았다.

한서영이 11층에 도착해서 중앙에 위치한 간호원들의 안내데스크 쪽으로 향하자 안내데스크에 있던 간호사들이 한서영을 발견하고 눈을 크게 떴다.

"어머, 한선생님."

한서영이 웃었다.

"오랜만이에요."

"와! 징계 끝난 거예요?"

11층의 간호사들도 한서영의 징계사실을 알고 있었다.

하긴 세명대학병원에서는 어쩌면 장례식장에서 인턴이 사고를 치고 징계를 받은 사례는 한서영이 유일할 것이다.

한서영이 안내데스크 뒤쪽을 힐끗 살피며 물었다.

"다른 분들은 어디 가셨어요?"

간호사들이 근무하는 안내데스크에는 항상 그 층의 환자들을 담당하는 간호사들이 3, 4명씩 대기하고 있었다.

안내데스크 뒤쪽에는 간호사들이 환자들에게 처방된 약이나 드레싱키트 등이 보관되어 있었기에 간호사들은 절대로 안내데스크를 비워둘 수가 없었다.

안내데스크의 간호원이 웃었다.

"교수님의 오전 회진 끝나고 나서 환자들에게 투여할 약을 가지고 병실에 들어갔어요."

한서영이 머리를 끄덕였다.

"그럴 시간이네요."

오전 10시가 넘어가고 있었기에 회진이 끝난 후 환자들에게 처방된 약을 가지고 병동을 돌고 있을 시간이었다.

"교수님 계세요?"

한서영의 물음에 간호원이 재빨리 데스크의 스케줄 표를 살폈다.

간호원이 머리를 들었다.

"네, 지금 연구실에 계세요."

한서영이 머리를 끄덕였다.

"고마워요."

간호사가 반가운 얼굴로 다시 물었다.

"복귀하시는 거예요?"

한서영이 대답 대신 생긋 웃었다.

긍정도 하지 않았고 부정도 하지 않은 한서영이었다.

내과병동의 간호사들 중 한서영이 인턴 시작과정부터 내과를 지망할 것이라고 공표했던 것을 모르는 사람은 없었다.

당연히 레지던트 과정도 내과에서 수련하게 될 것이라고 믿고 있었다.

하지만 김동하를 만난 이후 한서영의 마음이 흔들리고 있다는 것은 정작 한서영 자신도 모르고 있었다.

한서영이 김철민 교수의 연구실로 향했다.

1133호.

문 앞에 김철민 교수의 이름이 적힌 명패를 잠시 바라보던 한서영이 노크를 했다.

똑똑—

"들어와요."

굵은 목소리가 들렸다.

한서영이 문을 열고 들어서자 책상에 앉아 있던 50대의 김철민 교수가 머리를 들어 한서영을 바라보았다.

김철민 교수의 눈이 커졌다.

"어? 너……."

한서영이 이마를 숙이며 인사를 했다.

"안녕하세요. 교수님."

"그, 그래."

김철민 교수는 한서영이 이 시간에 자신을 찾아올 것이라곤 미처 생각을 하지 못했다.

약간은 알싸한 약향이 풍기는 김철민 교수의 방은 썰렁한 의국과는 달리 제법 오밀조밀한 느낌이었다.

벽 쪽에는 김철민 교수가 보는 책들이 가지런하게 진열되어 있었고 책상 위에는 컴퓨터가 놓여 있었다.

도자기로 만들어진 원통의 필통 같은 것에는 검안기와 진료에 필요한 진료세트들이 꽂혀 있었다.

김철민 교수가 자리에서 일어섰다.

"어떻게 온 거냐? 그리고 보니 징계가 내일 풀리지?"

김철민 교수는 자신이 내린 근신징계를 머리에 떠올렸다.

한서영이 대답했다.

"네, 그 때문에 교수님께 부탁드릴 것이 있어서 찾아왔어요."

"그, 그래?"

김철민 교수의 눈이 깜박였다.

한서영이 자신을 찾아와 무언가를 부탁할 것이라고는 미처 생각하지 못한 듯 살짝 당황한 모습이었다.

한서영을 찬찬히 살피는 김철민 교수의 눈이 흔들리고 있었다.

그의 눈에 비친 한서영은 단순히 의사가 아닌 대재벌 기업의 며느리 같은 품위와 우아함이 느껴졌다.

예전부터 아름답다는 것은 알고 있었지만 지금 눈앞에 보이는 한서영은 그런 자신의 예상보다 훨씬 아름다운 모

습이었다.

하긴 이렇게 아름다웠기에 동신그룹의 박영진 실장이 자신을 찾아와 한서영의 연락처를 물어보았을 것이다.

"서 있지 말고 앉아."

김철민 교수가 책상을 돌아 나오며 한서영에게 앉을 것을 권했다.

인턴이지만 자신의 휘하에서 지도를 받는 제자였다.

한서영이 연구실의 소파에 앉았다.

김철민 교수를 돕던 내과 레지던트 3년차 조교도 보이지 않았다.

김철민 교수가 한서영의 맞은편에 앉으면서 물었다.

"그래, 나한테 부탁할 것이 뭐지? 징계가 끝났으면 의국으로 복귀하면 될 텐데… 원무과에는 내가 미리 말해놓을 테니 문제될 것은 없을 거야."

김철민 교수가 한서영의 얼굴을 빤히 바라보았다.

한서영이 잠시 김철민 교수의 얼굴을 보다가 입을 열었다.

"내일은 저의 근신징계가 끝나는 날이에요."

"그런데?"

"그런데 징계가 끝난다고 해도 바로 복귀는 하지 못할 것 같아서 미리 양해를 부탁한다 말씀을 드리러 왔어요."

"뭐?"

김철민 교수의 눈이 살짝 커졌다.

인턴이라면 아예 병원에서 노숙을 하더라도 병원에 머무르는 것을 선택할 위치였다.

그런 상황에 병원 복귀를 보류하겠다고 말하는 한서영은 너무나 당돌한 느낌이었다.

김철민 교수가 흔들리는 시선으로 한서영을 바라보았다.

순간 그의 머릿속으로 동신그룹의 박영진 실장의 얼굴이 떠올랐다가 지워졌다.

한서영이 병원 복귀를 지연할 이유라면 오직 하나뿐이라는 생각이 그의 머리를 스쳐갔다.

그것은 바로 한서영에게 관심을 가지고 있는 동신그룹의 박영진 실장과 연결되어 있다는 판단이 순식간에 그의 머리를 휩쓸었다.

김철민 교수가 살짝 웃더니 이내 머리를 끄덕였다.

"원한다면 그렇게 해. 근데 이유를 물어도 될까?"

한서영이 대답했다.

"중요한 일로 미국을 다녀와야 해요."

"미국?"

"네."

한서영이 머리를 숙였다.

아빠의 부탁으로 미국 레이얼시스템의 회장 토마스 레이얼을 살리기 위해 김동하와 미국으로 가야 한다는 말은 할 생각도 없었다.

단지 미국을 다녀와야 한다는 말만 할 뿐이었다.

김철민 교수의 생각으로는 한서영이 미국으로 가는 이유는 단 하나밖에 없었다.

동신그룹의 박영진 실장이 한서영과 함께 미국을 다녀올 것을 제안했다고 생각했다.

박영진 실장이라면 한서영이 병원에서 몸을 뗄 수 없는 인턴신분이라는 것을 알고 있을 것이다.

또한 그것이 한서영에게 얼마나 중요한 일인지도 알고 있을 터였다.

자신에게 직접 찾아와 한서영에게 상당한 관심을 보인 박영진 실장이었다.

그런 그라면 자신의 미국행에 한서영의 동행을 강력하게 요구했을 것이라는 생각이 들었다.

하긴 한서영과 같은 여인이라면 세상 누구에게라도 자랑하고 싶을 것은 당연했다.

김철민은 자신이 혼자서 생각하고 있는 것이 터무니없이 황당한 착각이라고는 꿈에도 생각하지 못하고 있었다.

김철민 교수가 어려운 부탁이 아니라는 흔쾌한 표정으로 대답했다.

"알았어. 다녀와. 그리고 미국에서 돌아오면 병원으로 복귀할 시점에 나한테 미리 연락해주면 될 거야."

"알겠습니다."

한서영은 김철민 교수가 너무나 쉽게 허락하자 놀란 얼

굴로 김철민 교수를 바라보았다.

김철민 교수가 묘한 미소를 머금었다.

"훗날 내가 한서영씨한테 도움을 준 것은 잊지 말라고."

김철민 교수는 한서영이 미래의 동신그룹 회장의 부인이 되어 있을지도 모른다는 생각이 들었기에 미리 언질을 준 것이다.

한서영이 뜬금없는 김철민 교수의 말에 눈을 껌벅였다.

하지만 그것을 깊게 생각하지 않았다.

김철민 교수가 다시 입을 열었다.

"그 외 다른 부탁은 없나?"

교수의 말에 한서영이 잠시 흠칫했다.

하지만 이내 입술을 살짝 깨문 한서영이 김철민 교수의 얼굴을 보며 입을 열었다.

"다시 병원에 복귀하면 외과 쪽으로 인턴근무를 돌려주실 수 있을까요?"

"뭐?"

이번에는 김철민 교수가 진짜로 놀란 듯 눈을 동그랗게 떴다.

보통이라면 인턴이 외과근무를 지원하는 것은 그다지 놀랄 일은 아니었다.

하지만 한서영이 부탁했기에 놀란 것이다.

그가 알고 있는 한서영은 인턴 지원동기부터 내과전문의

를 지망한다고 했기 때문이었다.

그 때문에 꽤 오랫동안 내과에서만 인턴근무를 시켰다.

그런 한서영이 외과 쪽 인턴근무를 자원하기에 놀란 것이다.

하지만 인턴은 내외과를 가리지 않고 근무하면서 자신이 전공할 의과의 적성을 찾아서 레지던트에 지망한다.

한서영이 외과인턴을 지망해도 전혀 이상하지 않았다.

김철민 교수가 물었다.

"갑자기 외과에 관심을 가질 줄은 몰랐는데……."

한서영이 대답했다.

"전공을 선택하기 전에 두루 살펴볼 생각이 들어서요."

"그래?"

김철민 교수가 한서영을 보며 입을 열었다.

"외과인턴이 바깥에서 흔히 말하는 노가다보다 더 힘들다는 것은 알고 있지?"

김철민 교수가 한서영의 표정을 살폈다.

한서영이 머리를 끄덕였다.

"알고 있습니다."

외과의 인턴이나 레지던트들은 바깥에서 막노동을 하는 노동자보다 더 힘든 과정을 거쳐야 했다.

환자들에게 머리끄덩이를 잡히거나 치프나 써전에게 따귀나 정강이를 얻어맞는 것은 일상다반사로 생각해야 할 정도로 거칠다.

한서영은 김동하와 함께 있으면서 어쩌면 사람의 생명을 살리는 것은 내과보다 외과 쪽이 더 나은 선택이라는 생각이 들었기에 외과인턴을 자처했다.

김철민 교수는 한서영이 외과보다는 다소 부드러운 내과에서 근무할 것이라고 생각했다가 머리를 한 대 맞은 느낌이었다.

김철민 교수가 입을 열었다.

"매일매일 힘든 근무가 될 거야. 눈앞에서 사람이 죽어가는 것도 보아야 할 것이고 팔다리가 잘려나가는 것도 어렵지 않게 보게 될 거야. 사람의 몸을 갈라서 내부의 장기를 직접 손으로 만져보기도 해야 할 것이고… 그런데도 외과에서 근무해 보고 싶다고?"

한서영이 대답했다.

"네! 교수님."

김철민 교수가 잠시 눈을 질끈 감았다가 떴다.

그의 눈이 한서영의 얼굴을 빤히 바라보았다.

"설마 자네 그날 장례식장에서 있었던 일로 나를 원망하는 것인가?"

한서영이 장례식장에서 외래방문객과 마찰을 일으킨 것에 대해서 자신이 내린 징계를 원망하는 것인지 궁금한 김철민 교수였다.

한서영이 머리를 흔들었다.

"그런 것은 전혀 없어요. 교수님은 마땅히 하실 일을 하신 것뿐인데요 뭐."

"날 원망하지도 않으면서 외과근무를 자원하다니 좀 놀랍네."

한서영이 대답했다.

"아직 정확한 진로를 결정하지 않았으니 외과 쪽도 알아보고 싶었습니다."

"그래?"

1년 동안의 인턴근무가 끝나면 자신이 전공하고 싶은 의과에 레지던트를 자원하면 되기에 한서영의 선택은 틀린 것이 아니었다.

김철민 교수가 머리를 끄덕였다.

"알겠어. 신경외과 쪽에 박형주 교수에게 말해놓지. 병원에 복귀하면 외과로 가게 될 거야."

한서영이 머리를 숙였다.

"감사합니다. 교수님."

한서영이 인사를 하자 김철민 교수가 어색하게 웃었다.

"뭐 나한테 감사할 일은 아니야. 나중에라도 내과 쪽으로 돌아오고 싶으면 말해줘."

"알겠습니다."

한서영은 김철민 교수가 너무나 쉽게 결정을 해 주자 마음이 가벼워졌다.

김철민 교수가 물었다.

"미국은 언제 가는 것인가?"

한서영이 대답했다.

"조만간 가게 될 것 같습니다."

"흠."

한서영이 다시 인사를 했다.

"허락해 주셔서 정말 감사합니다. 교수님."

김철민 교수가 헛기침을 했다.

"힘! 그거야 뭐… 나중에 내가 한서영씨를 도와줬다는 것만 기억해주면 되는 일이야."

김철민 교수는 한서영이 훗날 동신그룹의 회장부인이 되었을 때 자신이 한서영을 도와주었다는 것을 한서영이 기억해 주기를 바랐다.

김철민 교수의 꿈은 대형종합병원의 원장이 꿈이었고 그것을 이루어 줄 수 있는 가능성을 한서영이 가지고 있다고 생각했다.

그로서는 안타까운 착각이었지만 한서영은 김철민 교수가 자신에게 그런 희망을 가지고 있다는 것은 꿈에도 생각하지 못했다.

한서영이 자리에서 일어섰다.

"그럼 저는 이만 돌아가 보겠습니다. 교수님."

"그래."

김철민 교수도 자리에서 일어섰다.

한서영이 몸을 돌리자 김철민 교수가 한서영의 등을 향해 입을 열었다.

"그날 자네에게 징계를 내린 것은 원장과 다른 과 교수들도 보고 있었던 상황이었기에 어쩔 수가 없었네. 이해하게."

김철민 교수는 장례식장의 소동으로 한서영에게 징계를 내린 것을 사과했다.

한서영이 몸을 돌렸다.

"아니에요. 제가 경솔했습니다. 교수님은 정당한 징계를 내리신 것이에요."

"이해해 주니 고맙군."

"그럼."

다시 인사를 한 한서영이 김철민 교수의 방을 나섰다.

문을 열고 걸어 나가는 한서영의 발걸음이 무척이나 가벼웠다.

한서영이 나가고 방문이 닫히자 김철민 교수가 중얼거렸다.

"스스로 외과인턴을 자처할 줄은 몰랐는데… 의외로군 그래. 허허, 거 참."

입맛을 다신 김철민 교수가 다시 자신의 책상으로 돌아갔다.

그의 코에 방금 자신의 연구실을 방문한 한서영이 남기고 간 희미한 화장품 냄새가 스며들었다.

그것은 너무나 향기롭고 달콤한 느낌이었다.

*치프— 레지던트의 선임자(보통 4년차).
*써전— 외과, 외과전문의.

* * *

"뭐라고?"

송태현 사장이 눈을 부릅뜨고 아들 송영철을 바라보았
다.

송영철은 일주일 동안의 지독한 고통에서 벗어나 이제는
말끔한 얼굴로 돌아와 있었다.

다만 그 7일 동안의 그 지독한 고통이 남긴 여파로 인해
서 볼살이 빠지고 눈두덩이 쪽이 핼쑥해졌다.

송영철이 입을 열었다.

"진짜라니까 아빠! 그때 그 자식이 나하고 종현이를 만
지는 순간 몸을 움직이지 못했다니까. 진짜 손가락 하나
까닥할 수가 없었어."

송영철은 7일 동안의 지옥 같은 상황을 겪기 전의 상황
을 어렴풋한 기억을 더듬으며 떠올렸다.

올림픽 대로를 달리다 우연하게 자신들이 타고 있는 차
의 앞으로 끼어든 하얀색의 차에 보복을 하기 위해 과속을
하며 따라붙었다가 그 차를 운전하는 여자를 보고 놀란 두

사람이 끝까지 따라갔다.

입이 벌어질 정도로 예쁜 여자였기에 보복보다는 차라리 시비를 걸어 연락처를 알아낼 생각이 동시에 든 것이다.

처음에는 자신의 차량을 막아선 것을 앙갚음하기 위한 보복운전으로 시작했지만 그것도 실상은 김종현과 송영철의 잘못이 더 크다고 할 수 있었다.

넓은 자동차 전용도로에서는 언제든 벌어질 수 있는 일이니 앞쪽에 끼어든 차량이 잘못했다고 할 수도 없었던 상황이었다.

김종현의 스포츠카가 정상적인 속도로 주행하고 있었다면 앞에서 달리던 차량이 차선을 바꾼다고 해도 충분히 여유를 가지고 옆 차선으로 넘어올 수도 있었던 시빗거리도 될 수 없는 정상적인 상황이었다.

하지만 자신의 스포츠카를 과신한 김종현이 한순간 과속을 하는 바람에 앞쪽에서 끼어든 차량으로 인해 급히 차선 변경을 해야 했을 만큼 놀랐다는 것이 문제였다.

약이 오른 김종현이 자신이 질주하는 차선으로 끼어든 차를 악착같이 따라붙었고 그 후 나란히 운전하며 앞으로 끼어든 차의 운전자를 보았다.

얼굴을 확인하는 순간 보복을 해야 한다는 것을 잊을 정도로 너무나 아름다운 여자가 운전하는 차였기에 시비를 걸어보고 싶었던 것이 사건의 발단이었다.

그 후 반포의 어느 아파트 앞에서 차를 세웠고 여자에게

억박을 질렀다가 지금의 상황을 맞이하게 되었다.

여자의 옆에 키가 큰 남자가 타고 있다가 내렸고 그 남자가 자신들을 막아선 것도 생생하게 기억이 떠올랐다.

자신은 손목을 잡히고 김종현은 귀를 잡혔다는 것까지 생생하게 기억이 떠올랐다.

먼저 시비를 건 것도 자신들이었고 싸우기 위해서 상대방에게 선수를 친 것도 자신들이었다.

하지만 결과는 정반대로 자신들이 모진 고통을 겪어야만 했던 끔찍한 기억이었다.

거실에는 송영철의 목소리만 울리고 있었다.

근 일주일 만에 원래의 몸으로 돌아온 송영철과 김종현은 아직도 그 끔찍한 악몽과 같은 극악한 통증이 무서웠던 것인지 핼쑥한 얼굴이었다.

송영철과 완쾌된 몸으로 정신을 차리고 일어난 것은 하룻밤을 꼬박 새우고 난 이후였다.

근 보름동안 단 한 번도 숙면을 취하지 못했던 송영철과 김종현은 용린활제의 금제가 해제되자 죽은 듯한 깊은 잠에 빠져들었다.

그리고 그들이 정신을 차리고 일어난 것은 오늘 아침이었다.

송태현 사장의 집 거실에는 김대길 검사 부부와 송태현 사장 부부를 비롯해서 약간 거리를 둔 소파에는 청지림의 염백천과 손녀 염소희 그리고 청지림에서 염백천을 수행

하기 위해 동행한 청지림의 손님들이 앉아 있었다.

그들 사이에는 한세한방병원의 원장 이원우가 있었고, 염백천을 위해서 고정 배치한 한세한방병원의 직원들이 앉아서 오랜만에 깨어난 송영철과 김종현을 바라보고 있었다.

염백천은 다시 한번 송영철과 김종현을 진맥해 보고 싶었다.

그렇지만 오랜만에 맨정신으로 돌아온 송영철과 김종현이 가족과 대화하는 것을 말리고 싶지는 않아 그냥 보고만 있는 중이었다.

잠에서 깬 송영철은 자신들이 그린 증상을 겪게 된 상황을 아버지인 송태현 사장에게 설명했다.

옆자리에서 송영철의 이야기를 듣고 있던 김종현도 맞장구를 쳤다.

"맞아요, 아저씨. 올림픽 대로에서 그년이 갑자기 차선을 끼어드는 바람에 놀라서 아갔는데 차에서 어떤 새끼가 내리더니 나랑 영철이를 그렇게 만들어 놓았다고요."

김종현은 자신의 옆 차선에서 운전하던 한서영의 미모가 놀라울 정도로 매혹적이어서 자신이 시비를 걸었다는 것은 일부러 숨겼다.

그렇지 않아도 자신과 송영철이 어울려 다니며 여자들을 희롱하며 말썽을 피우는 것으로 늘 핀잔을 받았기에 아예 여자 때문에 사건이 시작되었다는 것은 쏙 빼놓았다.

"아니 어떻게 그런 나쁜 놈이 다 있어?"

송영철의 어머니인 박진주가 하얗게 눈을 치켜뜨고 어금니를 깨물었다.

천금 같은 아들 송영철이 하마터면 불귀의 객이 될 뻔했던 사건이었다.

아들이 정신을 차리고 회복했다는 것에 출근도 미루고 아들 김종현의 옆을 지키던 김대길이 눈을 부릅떴다.

"그 차의 번호나 남자의 얼굴을 똑똑히 기억하니?"

김대길 차장검사는 아들을 보름씩이나 사경을 헤매게 만든 사내를 반드시 찾아서 응징을 하고 싶었다.

김대길의 부인 성은혜가 이를 갈았다.

"그놈 찾아서 꼭 콩밥을 먹여줘요, 여보."

성은혜는 지금까지도 아들 김종현이 숨도 쉬지 못하고 지독한 고통을 겪었던 것을 생생하게 기억하고 있었다.

법무법인 제니스의 사장 송태현의 부인인 박진주도 맞장구를 쳤다.

"맞아요, 종현 아버님. 그 망할 놈을 꼭 찾아서 혼을 내줘야 해요. 어디서 발칙한 그런 나쁜 짓으로 우리 아들과 종현이를 그렇게 만들어 놔요? 절대로 용서하면 안 돼요."

박진주도 잔뜩 화가 난 얼굴이었다.

김대길이 다시 아들과 친구 송태현의 아들 송영철을 바라보았다.

"너희들을 그렇게 만든 남자가 타고 있던 차번호나 남자

의 얼굴을 똑똑히 기억하느냐고 물었다."

김대길의 얼굴은 돌처럼 딱딱하게 굳어져 있었다.

송영철과 김종현이 머뭇거렸다.

"그게……."

송영철과 김종현의 기억 속에 그때의 상황이 어렴풋이 떠올랐고 김동하의 얼굴이 희미하게 떠올랐지만 정확하게 그 이목구비가 확실하게 떠오르진 않았다.

다시 한번 보면 확실하게 알 수 있을 것 같았지만 지금의 상황에서는 대충의 윤곽만 그려질 뿐이었다.

자신들의 기억력이 그렇게 변한 게 김동하가 자신들의 몸에 가해놓은 용린활제란 금제의 영향으로 뇌혈이 흔들린 탓이라는 것은 꿈에도 생각하지 못했다.

송태현 사장이 입을 열었다.

"너희들이 그렇게 되고 난 후에 종현이의 차 블랙박스를 조사했는데 메모리카드도 없더구나. 그 사람이 빼내서 가져간 거냐?"

한서영의 차에 시비를 걸어온 김종현의 차는 2억 원에 가까운 수입스포츠카였다.

그런 차라면 당연히 블랙박스를 설치했고 늘 주변 차와의 사고에 대해서 민감하게 여기는 것은 당연했다.

하지만 김종현의 차에는 블랙박스는 달려 있었지만 메모리 카드가 없었다.

김종현의 차에서 메모리카드를 뽑아서 가져갈 정도로 치

밀한 사람이라면 상습적으로 비싼 차를 탄 사람들을 괴롭히는 건달과 같은 사람이라는 생각이 들었다.

김종현이 뒷머리를 긁었다.

새로 사귄 여자친구가 김종현이 차에 다른 여자를 태우고 돌아다니는 건 아닌지 조사한다며 메모리 카드를 뽑아내서 가져간 것이다.

김종현이 대답했다.

"잘 기억나지 않아요. 메모리카드는 저도 모르겠어요."

김대길 차장검사가 물었다.

"그럼 너희들을 그렇게 만들고 증거를 없애기 위해서 메모리카드를 가져갔다는 말이냐?"

송영철이 대답했다.

"우리도 그것은 잘 모르겠어요. 당시에 몸이 굳어 있었는데……."

흰색의 차에서 내린 키 큰 남자가 자신과 김종현의 손과 귀를 잡고 목 아래를 누르는 순간 단 한 발짝도 움직일 수가 없었던 것은 너무나 생생하게 기억이 났다.

김대길의 눈이 번득였다.

김종현의 차에서 메모리카드를 빼낼 정도라면 상대는 무척이나 치밀한 사람이라는 생각이 들었기 때문이었다.

송태현 사장이 물었다.

"너희들을 그렇게 만든 사람은 기억이 나느냐?"

김종현이 대답했다.

82

"그게 키가 크고 좀 잘생긴 얼굴이었다는 것만 기억나긴
하는데……."

송영철도 끼어들었다.

"저도 기억나긴 하는데 선명하지가 않아요. 아빠. 근데
그 남자 놈이랑 같이 있었던 여자가 무척 예뻤어요."

용린활제로 인해서 뇌혈이 흔들린 탓에 기억이 선명하진
않다.

그렇지만 당시에 자신과 김종현이 본 한서영이 입이 벌
어질 정도로 예쁜 여자였다는 것만 선명하게 기억에 떠오
르고 있었다.

하지만 그것도 예뻤다는 것만 기억날 뿐 사진을 보는 깃
처럼 선명하지는 않았다.

여자가 예쁘다는 말에 송영철의 어머니 박진주가 아들을
향해 눈을 흘겼다.

"이그~ 이 와중에 넌 여자가 예쁘다는 것은 어떻게 기억
하니?"

듣고 있던 김종현도 송영철의 말을 거들었다.

"아닙니다. 나도 기억하는데 그 여자가 특이하게 예쁘니
까 다시 만나면 쉽게 알아볼 수 있을 거예요."

김종현이 송영철의 말에 호응했다.

송태현이 이마를 찌푸리며 친구인 김대길을 바라보았
다.

"차량번호도 모르고 블랙박스는 메모리카드도 없어. 애

들을 건드렸다는 그 남자와 여자를 어떻게 찾지?"

김대길 차장검사가 눈을 깜박였다.

"사고현장에 현수막 걸어놓았다고 했지?"

김대길의 물음에 송태현이 머리를 끄덕였다.

"그래. 근데 전혀 연락이 오는 곳이 없어. 두어 번 전화를 걸어왔는데 들어보니 장난을 치는 것 같아서 들어볼 필요도 없을 것 같더군."

송태현 사장이 낮게 한숨을 내쉬었다.

한편 한쪽에 앉아서 한세한방병원의 직원들이 김종현과 송영철 가족의 대화를 중국어로 통역해서 청지림의 림주 염백천과 염백천의 손녀 염소하를 비롯하여 청지림에서 온 사람들에게 들려주고 있었다.

염백천은 김대길 차장검사와 송태현 사장과 친분을 만들면서 그들이 하는 모든 대화의 내용을 궁금해 했다.

그랬기에 한세한방병원에서 염백천과 염소하에게 안배한 직원들을 통해 모두 듣고 있었다.

송영철의 엄마인 박진주가 속상한 듯 다시 입을 열었다.

"근데 영철이 네 말로는 그냥 그 남자가 네 몸에 손을 대는 순간에 전혀 몸을 움직일 수 없었다고 했는데, 그 남자가 너에게 무엇을 어떻게 한 거니?"

송영철이 눈을 껌벅이자 김종현이 대신 대답했다.

"그놈이 영철이랑 저의 목 아래를 찔렀어요. 손가락으로 말이에요. 이렇게."

김종현은 옆쪽에 앉은 송영철의 목 아래쪽을 김동하가 찌르는 것처럼 살짝 흉내를 냈다.

순간 송영철의 몸이 움찔했다.

그때였다.

"잠깐만. 대길 아우의 아들 말에 잠시 끼어들어도 되겠는가?"

유창한 영어였다.

염백천이 굳은 얼굴로 소파에서 일어나 김대길을 바라보았다.

송태현과 김대길이 중국어를 모르기에 영어로 끼어든 것이다.

염백천의 의술로 송영철과 김종현이 다시 살아난 이후 염백천은 김대길 차장검사와 송태현 사장 그리고 한세한방병원의 원장 이원우와 의형제를 맺을 정도로 갑작스럽게 친해졌다.

그 때문에 염백천이 김대길 차장검사를 아우로 칭한 것이다.

김대길 차장검사가 머리를 돌렸다.

"백천 형님!"

염백천이 일어나 김종현과 송영철의 앞으로 걸어왔다.

송영철과 김종현이 멍한 얼굴로 염백천을 바라보았다.

어머니와 아버지에게서 자신들을 치료해 준 중국의 유명한 의사라는 말은 들었지만 정신을 잃고 있었기에 정작 실감은 하지 못하고 있었다.

그런 송영철과 김종현에게 약간은 왜소해 보이는 염백천의 모습은 무척이나 이질적인 느낌이었다.

더구나 한국 사람이 아니라 중국 사람이라 하니 왠지 모를 거부감이 들었다.

그때 염백천의 뒤쪽에서 염소희가 일어나 염백천의 뒤를 따라 다가왔다.

송영철과 김종현의 입이 살짝 벌어졌다.

그렇지 않아도 정신을 차린 이후 묘령의 아름다운 젊은 여인이 자신들과 같은 공간에 머물고 있었던 것에 대해서 호기심을 느끼고 있던 터였다.

물론 그 여인이 자신을 치료해준 중국의사와 일행이라는 것은 이미 알았지만 정작 그녀의 역할이 무엇인지 궁금한 참이었다.

염백천이 송영철과 김종현의 앞에 서서 그들의 얼굴을 세심하게 내려다보았다.

"좀 전에 했던 말을 다시 해보겠는가?"

염백천의 말은 유창한 영어였다.

다행히 송영철과 김종현은 어려서부터 부모의 집요한 강요(?)로 인해서 생활영어에는 무척이나 능통했다.

또한 한국에서의 학업이 적성에 맞지 않아 어린 나이에 미국유학까지 다녀온 그들이었다.

송영철이 눈을 크게 뜨면서 껌벅였다.

염백천이 다시 물었다.

"조금 전에 누가 너희들의 가슴을 찔렀다고 했지? 그것을 좀 더 자세히 듣고 싶네. 그러니 다시 한 번만 찬찬히 설명해 주겠는가?"

염백천이 송영철과 김종현의 앞쪽에 자리를 잡고 앉았다.

김대길이 재빨리 염백천에게 자리를 내주며 일어섰다.

"그게……."

김종현이 더듬거리며 자신의 엄마와 아버지의 얼굴을 바라보았다.

김종현의 모친인 성은혜가 입을 열었다.

"어르신께 그날 있었던 일을 모두 말씀드리거라. 이분은 너희들의 병을 고쳐주신 분이셔. 좋은 분이니 안심해도 될 거야."

성은혜의 말에 김대길도 거들었다.

"그래. 네 엄마 말대로 해. 모두 말씀드려."

송영철의 엄마인 박진주도 끼어들었다.

"그래 맞아. 이분이 안 계셨다면 영철이 너와 종현이가 큰일을 당할 뻔했어. 그러니 좀 전에 종현이가 했던 말을 다시 자세하게 말씀드려."

송영철의 부친인 송태현 사장까지 거들고 나왔다.

"그날 어떤 일이 있었는지 모두 말씀드려라."

4명의 부모가 모두 염백천에게 말하라고 하자 송영철과

김종현이 당황한 얼굴로 서로의 얼굴을 마주보았다.

그 모습을 본 염백천이 신중한 표정으로 입을 열었다.

"다른 의도가 있는 것은 아니니 그날 있었던 일을 소상하게 말해 줄 수 있겠는가?"

염백천의 뒤쪽에 서 있던 염소희가 맑은 눈빛을 반짝이며 두 사람을 바라보았다.

그것은 송영철과 김종현에겐 마치 대답을 재촉하는 듯한 눈빛으로 비쳤다.

김종현이 잠시 염백천과 뒤쪽에 다소곳이 서 있는 염소희를 바라보다가 입을 열었다.

"그날 차를 타고 오다가……."

김종현은 그날 자신과 친구 송영철이 김동하에게 당했던 것을 천천히 털어놓기 시작했다.

이야기를 듣고 있는 염백천의 눈빛이 깊어졌다.

"그래서 우리가 차를 막아 세웠는데 다짜고짜 차에서 내린 남자가 우리를 공격했습니다. 무척이나 날쌔고 힘이 강해서 우리가 어찌 할 수가 없을 정도였지요."

김종현은 그날 자신과 송영철이 김동하에게 당한 이야기를 자신들에게 유리하게 설명했다.

염백천에게 올림픽 대로에서 본 한서영의 미모에 혹해서 괜한 시비를 걸었다고 설명할 수는 없는 일이었기 때문이다.

"나중에는 그 남자가 손가락으로 우리의 가슴을 찔렀는

데 그 후로는 몸을 움직일 수가 없었습니다. 그 후의 일은 잘 기억도 나지 않고 다만 무척 괴로웠다는 것만 기억납니다."

송영철이 끼어들었다.

"맞습니다. 어떻게 그 남자가 우리 가슴을 손가락으로 가볍게 찌른 것 같았는데 전혀 움직일 수가 없었습니다. 숨이 막혔고 괴로웠던 것은 기억이 납니다."

김종현과 송영철이 김동하가 용린활제의 금제를 가한 상황을 설명하자 염백천의 얼굴이 딱딱하게 굳어졌다.

염백천은 굳은 얼굴로 김종현의 모든 설명을 듣고 있었다.

김종현의 영어는 생각보다 유창해서 염백천은 모두 알아들을 수 있었다.

모든 설명을 들은 염백천이 다시 물었다.

"정확하게 두 사람의 가슴 어떤 부위를 찔렸는지 기억이 나는가?"

염백천의 물음에 김종현과 송영철이 서로 얼굴을 마주 보았다.

두 아들의 설명을 듣고 있던 송영철의 아버지 송태현이 염백천을 보며 물었다.

"백천 형님! 이 아이들이 손가락으로 찔렸다고 하는 그 것이 무엇입니까? 그게 이 아이들이 아팠던 것과 상관이 있는 것입니까?"

송태현은 염백천이 자신의 아들 송영철과 친구의 아들인 김종현이 가슴을 손가락으로 찔린 의미를 알 수 없는 일에 이렇게 깊은 관심을 가지는 것이 무척이나 이상하다는 생각이 들었다.

염백천이 송태현 사장을 바라보았다.

염백천의 눈빛이 번뜩이고 있었다.

"내가 들어보니 태현 아우와 대길 아우의 자식들이 당한 것은 점혈이라는 생각이 들었네. 아우들의 자식들이 설명하는 것으로 보아 더더욱 그 확신이 깊어졌네."

송태현과 김대길의 얼굴이 굳어졌다.

"점혈이요?"

염백천이 머리를 끄덕였다.

"이 아이들이 설명하는 모든 것이 사실 그대로라면 점혈이 분명하네."

송태현과 김대길이 눈을 껌벅이더니 김대길이 다시 물었다.

"점혈이라니… 도대체 그게 뭡니까? 백천 형님."

염백천의 뒤쪽에 서 있던 염소희가 입을 열었다.

"점혈은 사람의 인체에 있는 급소나 혈맥을 고의적으로 금제하여 몸의 혈로를 막는 수법이에요. 가벼운 경우에는 잠시 몸의 움직임을 통제하거나 정신을 잃게 할 수 있지만 심각할 경우에는 사람의 생명을 그 자리에서 뺏을 수도 있어요. 사혈을 짚는다면 말이에요."

염소희의 말에 송태현 사장과 김대길 차장이 얼굴을 굳혔다.

염백천이 송태현과 김대길의 얼굴을 바라보았다.

"점혈이란 중국의 고대 무예에서 파생된 수법으로 중국의 의술에도 사용되는 고위의 금제법이라네. 근래에는 그 수법을 아는 사람이 거의 없어서 말로만 전해지는 것이었는데……."

염소희가 염백천을 바라보았다.

"할아버지도 점혈은 하실 수 있잖아요."

염소희의 말에 염백천이 작게 머리를 끄덕였다.

"점혈은 시전힐 때 신중해야 하기에 나도 함부로 사용하지는 않지만 나 이외에 그것을 사용하는 사람이 이곳에 있을 줄은 몰랐다."

송태현이 눈을 번득였다.

"백천 형님도 그 점혈이라는 것을 하실 줄 아십니까?"

염백천이 대답했다.

"점혈은 혈맥을 짚을 때 힘의 깊이와 세기를 세밀하게 조정해야 하는 수법이네. 그 때문에 나도 함부로 사용하지 않지."

염백천의 대답을 들은 송태현 사장과 김대길 차장검사의 얼굴이 딱딱하게 굳었다.

김대길이 물었다.

"그럼 이 아이들이 그런 증상을 겪은 것이 모두 그 점혈이라는 것 때문이라는 말씀이십니까?"

"이 아이들의 말이 모두 사실이고 내 생각이 틀림없다면 점혈이 분명할 것이네. 더구나 그 정도의 점혈이라면 이 아이들에게 고통을 주기 위해서 아주 고의적으로 작심하고 혈로를 짚었을 것이 분명해. 처음 이 아이들의 맥을 진맥해본 결과로는 천돌, 선기, 유부, 욱중으로 통하는 혈로가 대부분 막혀 있었기에 상당한 고통이 있었을 것 같았는데 그게 점혈이었다니. 나도 당황스럽네."

염백천의 대답을 들은 송태현과 김대길이 서로 얼굴을 마주보았다.

일주일동안 지독한 고통 속에서 죽을 것처럼 보였던 자신들의 아이들이다.

그렇게 된 원인이 사람이 고의적으로 금제한 점혈이라는 수법이라는 것에 기가 막혔다.

김대길 차장검사의 아내인 성은혜가 이를 악물었다.

"그러니까 우리 종현이나 영철이가 그런 고통을 당하게 누군가 고의적으로 그런 점혈이라는 짓을 했다는 말인가요?"

염백천이 머리를 끄덕였다.

"그런 것 같군요."

"세상에……."

성은혜의 안색이 하얗게 질려갔다.

다른 사람도 아닌 자신의 아들이 사악한 마음을 품은 사

람에게 고의적으로 고통을 당했다는 것이 믿어지지 않았다.

성은혜가 남편 김대길을 바라보며 입을 열었다.

"여보. 그 나쁜 인간 꼭 찾아서 데려와요. 어떤 인간인지 내 눈으로 꼭 그 사람을 보아야겠어요."

김대길 차장검사가 무거운 얼굴로 머리를 끄덕였다.

"그렇게 하지."

송태현의 부인 박진주도 거들었다.

"절대로 용서해서는 안 돼요. 그런 나쁜 수법으로 아이들을 죽을 지경까지 몰아넣을 정도라면 아예 두 번 다시 세상에 나와서는 안 될 사람이 분명해요."

김대길이 어금니를 깨물었다.

"알겠습니다. 재수씨."

"세상에… 난 아이들이 무슨 불치병이나 괴질에 걸린 줄 알았는데……."

박진주는 자신의 아들 송영철이 죽을 뻔했던 것이 병이 아닌 사람이 고의적으로 만들어낸 증상이었다는 것에 화가 났다.

염백천이 송영철과 김종현을 보며 입을 열었다.

"그때 가슴을 찔렸다는 위치를 정확하게 기억할 수 있겠느냐?"

염백천의 물음에 송영철과 김종현이 동시에 자신의 가슴을 손으로 짚었다.

"처음엔 이곳을 찔렸습니다."

"저도 이곳입니다."

두 사람이 동시에 자신의 가슴을 짚은 곳은 가슴의 상부 정중앙에 위치한 옥당이었다.

두 사람이 자신의 가슴을 가리키자 염백천의 미간이 좁혀졌다.

자신이 알지 못하는 점혈 위치였기 때문이다.

"그 후의 위치는?"

염백천의 눈이 날카롭게 빛났다.

근래에 와서는 점혈의 수법이 전래되지 않고 은밀하게 사승으로 전해지기에 단절되는 경우가 대부분이었다.

염백천조차 그저 사람의 신체를 잠시 움직이지 못할 정도의 마혈을 짚는 정도만 알고 있을 뿐이었다.

그런 염백천에게 송영철과 김종현이 당한 점혈은 너무나 새로운 수법이라 할 수 있었다.

송영철이 우물쭈물 거리며 대답했다.

"다음 위치는 잘 기억이 나지 않습니다. 다만 목 부위를 찔렸는데……."

송영철이 자신의 목 부위를 손으로 어루만졌다.

"천정과 부돌이로구나."

염백천이 송영철이 손으로 만지는 곳을 날카로운 눈빛으로 살피며 나직하게 중얼거렸다.

염소희가 미간을 좁혔다.

"천정과 부돌은 잘못 찌르면 뇌혈의 혈로가 막히는 곳이에요 할아버지."

염소희는 송영철이 만지는 곳을 보며 살짝 입을 벌렸다.

천정과 부돌의 위치는 뇌혈로 통하는 혈로의 중요 혈맥이었다.

그쪽의 혈맥을 잘못 건드리면 점혈을 당한 사람은 백치가 되거나 아니면 죽음을 면치 못하는 곳이다.

염백천이 이를 악물더니 김대길 차장검사를 바라보았다.

"아이들에게 점혈을 시전한 사람을 꼭 찾게. 만약 그 사람이 나쁜 마음을 먹는다면 점혈만으로 쉽게 사람의 생명을 뺏을 수도 있을 것이라네. 맥혈을 살펴 점혈이라는 것을 알지 못할 경우 그냥 자연스럽게 사람이 죽었다고 판단하게 만들 수도 있을 거야."

김대길이 굳은 표정으로 대답했다.

"알겠습니다. 꼭 찾아내겠습니다. 백천 형님."

염백천이 굳은 얼굴로 중얼거렸다.

"이 정도 고위의 점혈이라니… 누군지 나도 정말 얼굴을 보고 싶군. 허허, 참으로 세상은 넓구나. 한국 땅에 이런 고수가 있다니."

송영철이 염백천을 보며 입을 열었다.

"우리에게 손가락으로 가슴을 찌른 남자는 겨우 20살 안팎으로 보이는 남자였습니다. 어르신."

송영철의 말에 염백천의 표정이 굳어졌다.

"20살 정도의 남자라고?"

"예! 아까도 말씀드렸는데… 분명 우리 또래거나 우리보다 어린 남자였습니다."

자신도 잘 모르는 고차원의 점혈을 한 사람이 어린 남자라는 말에 염백천은 할 말을 잊었다.

염백천의 뒤쪽에 서 있던 염소희가 송영철을 보며 물었다.

"그 남자의 얼굴을 다시 보면 알 수 있겠어요?"

송영철이 염소희를 바라보았다.

처음으로 염소희와 대화를 하게 된 송영철이 살짝 더듬거렸다.

"무, 물론입니다. 다시 만나게 된다면 분명하게 알 수 있을 겁니다."

용린활제의 부작용으로 인해서 기억이 희미하지만 다시 김동하의 얼굴을 본다면 분명하게 기억할 수 있을 것만 같았다.

김대길이 자신의 아들 김종현을 보며 입을 열었다.

"흰색의 차량이라고 했지? 나이는 20살 전후고?"

김종현이 대답했다.

"응! 그건 분명하게 기억해. 키가 크고 아주 예쁜 여자랑 같이 타고 있었어."

"……."

김대길의 눈빛이 차분하게 가라앉았다.

송태현이 입을 열었다.

"이 아이들의 말로는 드러난 폭력행위는 없었어. 백천 형님이 말한 점혈이라는 것은 폭행으로 볼 수도 없고 말이야. 더구나 종현이의 차에 블랙박스 메모리도 없으니 정확한 증거가 없는데 찾는다고 해도 기소가 가능할까?"

대형로펌인 제니스의 대표답게 변호사로서의 판단을 내리고 있는 송태현이었다.

실제로 김동하와 한서영을 찾는다고 해도 두 사람을 범법행위로 몰아넣는 것이 어려울 것을 걱정하는 것이다.

김대길 차장검사가 어금니를 깨물었다.

"그건 자네가 걱정할 일은 아니야. 찾는 게 문제지 찾아내고 나서는 어려운 일은 없어."

"알았네."

송태현은 김대길이 김동하와 한서영을 찾아낸다면 무슨 꼬투리를 잡아서라도 반드시 기소할 것이라고 생각했다.

이제 김동하와 한서영을 찾아내는 것은 김대길의 몫이었다.

염백천이 자리에서 일어서려다 송영철과 김종현을 바라보았다.

"두 사람 모두 손을 이리 내보게."

염백천의 말에 두 사람이 앞으로 손을 내밀었다.

염백천은 송영철과 김종현의 손목을 잡고 그들의 기혈을 살폈다.

이곳에 머물게 된 이상 형식적으로라도 두 사람의 건강을 보살피려는 행동을 보여줄 필요가 있었다.

송영철과 김종현의 맥혈은 이제 아무이상 없이 정상적으로 통하고 있는 것이 그의 손끝에서 느껴졌다.

염백천이 머리를 끄덕였다.

"그동안 막혀 있던 맥혈이라 약간 힘이 빠진 듯한 느낌이지만 정상이로구나. 더 이상 걱정할 필요는 없겠다. 음식을 먹고 기혈을 보충하면 다시 힘을 찾을 것이다."

그 말에 송영철과 김종현의 얼굴색이 풀어졌다.

그것은 두 사람을 그동안 걱정하고 있었던 박진주와 성은혜에게도 참으로 안도감을 안겨주는 말이었다.

염백천이 자리에서 일어나 다시 거실의 한쪽에 마련된 자신의 자리로 돌아갔다.

염소희가 그런 염백천의 뒤를 따르자 송영철과 김종현이 자연스럽게 염소희의 뒷모습을 눈으로   아가고 있었다.

쿡—

쿡—

그런 송영철과 김종현의 머리를 송영철의 어머니 박진주와 김종현의 어머니 성은혜가 손끝으로 쥐어박았다.

"이제 살 만하니까 여자가 눈에 들어오니?"

"언제 철들래?"

두 여인의 뾰족하게 날이 선 눈매가 매서워 보였다.

송영철과 김종현이 뜨끔한 표정으로 머리를 숙였다.

천둥벌거숭이 같은 두 사내였지만 아직도 엄마의 잔소리는 두 사내의 기를 죽이기에는 충분했다.

조선남자

朝鮮男子

-천능의 주인-

새로운 날

"신기한데요? 이게 나를 증명하는 증명서라니."

김동하가 자신의 손에 들린 주민등록증을 보며 신기한 듯 눈을 반짝였다.

새로 가족관계창설을 신고하고 주민등록증을 받아든 김동하가 자신의 사진이 그대로 박혀 있는 신분증을 보며 손가락으로 연신 매만져 보았다.

신분증의 주소 란에는 한서영과 함께 살고 있는 아파트의 주소가 그대로 찍혀 있었다.

주민등록 번호는 이제 김동하가 갓 성인이 되었다는 나이의 숫자가 찍혀져 있었다.

동사무소에서 주민등록증을 교부받은 뒤에 근 한 시간동안 주민등록증만 살펴보고 있는 김동하였다.

　자신이 살던 시절에는 호패라는 신분을 증명하는 패가 있었다면 이곳에서는 그냥 얇은 종이 한 장이 신분을 증명하는 증명서였기에 볼수록 신기했다.

　주민등록증의 전면에 박혀 있는 사진은 살짝 미소를 머금고 있는 김동하의 얼굴이 너무나도 선명했다.

　한서영이 김동하를 사진관으로 데려가 찍었던 사진이었다.

　김동하는 신분증에 새겨진 자신의 얼굴을 연신 눈으로 확인했다.

　한서영의 동생인 한유진이 탄복할 정도의 총명한 머리를 가진 김동하였지만 사진이란 건 아무리 보아도 신기한 모양이었다.

　옆쪽에서 나란히 김동하와 함께 주차장 쪽으로 걸음을 옮기던 한서영이 웃었다.

　"호호, 그게 그렇게 신기해?"

　김동하가 흰 이를 드러내며 웃었다.

　"세상에 태어나서 처음으로 받아보는 것입니다. 내가 누군지 어떤 사람인지 확인할 수 있는 증명서인데 어찌 신기하지 않을 수 있겠습니까? 여기에 내 얼굴이 새겨져 있다는 것이 믿을 수가 없을 정도입니다. 하하."

　주민등록증을 받아낸 후 곧바로 여권까지 신청한 뒤에

구청을 빠져나오는 두 사람이었다.

여권은 일주일 후면 받을 수 있을 것이라고 했으니 일주일 후에 미국으로 가면 될 것이다.

병원에도 당분간 휴가 아닌 휴가를 얻어낸 한서영은 무척이나 홀가분한 기분이었다.

청바지에 가벼운 면 티를 걸친 한서영의 모습은 무척이나 편하게 보였다.

며칠 전 입었던 옷차림과는 확연하게 다른 옷차림이었지만 그럼에도 늘씬한 한서영의 모습은 주변을 지나는 사람들이 힐끗거릴 정도로 매력적이었다.

한서영이 김동하를 보며 입을 열었다.

"이제 신분증은 그만 보고 옷 사러 가자. 미국 가려면 제대로 옷을 갖춰 입어야 할 테니까. 미국에 도착해서 레이얼 시스템의 회장님을 만날 텐데 그런 옷차림으로 갈 순 없잖아."

"옷이요?"

김동하가 눈을 껌벅였다.

한서영이 웃었다.

"응! 그러고 보니 자기에게 양복은 하나도 없다는 게 마음에 걸렸어. 양복을 사야겠어."

한서영이 작심한 듯 입술을 꼭 깨물었다.

김동하가 입을 열었다.

"저는 이것만으로도 편합니다."

김동하에게 옷은 그저 몸을 가릴 수 있는 것만으로 충분
했기에 다른 옷은 그렇게 필요하다는 생각을 해 본 적이
없었다.

하지만 한서영은 달랐다.

한서영이 머리를 흔들었다.

"넌 편해도 내가 싫어."

"예?"

"난 내 남자가 다른 사람의 눈에 한심하게 보이는 것은
정말 싫어."

한서영의 말에 김동하의 얼굴이 살짝 달아올랐다.

한서영의 남자라는 말의 의미를 단번에 깨달은 김동하였
다.

한서영이 자신을 진심으로 배필로 인정하고 받아들인다
는 것을 다시금 느꼈기 때문이다.

구청 주차장에 도착한 한서영이 자신의 차의 운전석으로
돌아갔다.

한서영이 반대편의 조수석 쪽에 서 있는 김동하를 보며
입을 열었다.

"미국에서 돌아오면 자기 면허증도 따야 할 거야."

김동하가 머리를 갸웃했다.

"면허증이요?"

"응! 차를 운전하려면 반드시 면허증이 있어야 해. 내가
언제까지 자기를 태우고 다닐 순 없잖아. 돌아오면 병원일

로 바쁘게 될 텐데."

내과에서 외과로 옮겨가면 아무래도 김동하에게 집중을 할 수가 없을 것이다.

"그게 어려운 것입니까?"

"너한테는 너무나 쉬운 일일 거야."

"그런가요?"

김동하가 눈을 껌벅였다.

한서영이 웃으면서 입을 열었다.

"뭐 사실 자기한테는 별로 필요한 것이 아닐지도 모르지. 막 하늘을 날아다니고 그럴 수 있으니까. 하지만 아무 곳에서나 그럴 수는 없잖아. 빌건 대낮에 하늘을 날고 그러면 어떤 일이 벌어지게 될지 뻔한데 말이야."

한서영의 말에 김동하가 입맛을 다셨다.

딸칵.

차의 문이 열리자 한서영이 운전석에 올랐다.

김동하가 자연스럽게 조수석으로 올라앉았다.

이제는 한서영이 차문을 여는 것이 어떤 순서인지 알고 있었기에 굳이 김동하에게 알려줄 필요도 없었다.

부르릉—

차의 시동이 걸리고 이내 한서영이 주차장에서 차를 뽑아내 구청의 주차장을 빠져나갔다.

한가로운 9월의 한낮이었다.

"오랜만이네?"

윤소정이 엷은 미소를 머금고 가죽향이 물씬 풍기는 소파에 앉았다.

박영진이 굳은 얼굴로 윤소정의 얼굴을 보며 머리를 끄덕였다.

"그렇군."

이혼을 결정한 이후 처음으로 대면하는 박연진과 윤소정이었다.

윤소정이 박영진의 사무실을 담담한 얼굴로 돌아보았다.

"결벽증이라고 할 정도로 깔끔한 성격은 변한 게 없어 보이네."

박영진이 머리를 가만히 흔들었다.

"시비를 걸려고 온 것이 아니라면 그냥 용건만 말하고 돌아가는 것이 좋겠어."

윤소정이 머리를 끄덕였다.

"역시 당신다워. 알았어. 그렇게."

윤소정의 입매는 무척이나 단정했다.

윤소정이 반짝이는 시선으로 박영진을 바라보았다.

"미국으로 갈 거야. 일준이와 이준이가 성인이 될 때까지 한국으로 돌아오지 않을 생각인데…….”

박영진이 살짝 이마를 찌푸렸다.

“일준이와 이준이가 그것을 원할까?”

윤소정이 웃었다.

“원하든 원하지 않든 무슨 상관이 있겠어? 내가 엄마인
데. 그리고 이곳 한국은 그 아이들에게도 아픈 상처만 있
는 곳이니까 떠나는 것이 옳을 거야.”

“…….”

“당신은 아빠로서 자격이 없다는 것 알고 있지?”

윤소정의 말에 박영진이 씁쓸한 얼굴로 웃었다.

“알고 있어.”

“일준이와 이준이가 아빠의 얼굴도 못 알아보는데 아빠
의 자격이 있을 리가 없지. 오죽하면 내 운전기사가 일준
이와 이준이에게 더 익숙한 얼굴이 되었을까?”

윤소정의 눈에 살짝 원망의 표정이 떠올랐다가 지워졌
다.

박영진이 물었다.

“원하는 게 뭐야?”

윤소정이 대답했다.

“아빠에게 들었어. 당신의 마음이 확고하다고 말이야.
나로서는 오히려 아빠의 그 말을 듣는 순간 더 편해졌지.”

박영진이 어금니를 깨물었다.

“당신을 힘들게 만들었다는 것은 인정해.”

윤소정이 가지런한 이를 드러내며 환하게 웃었다.

"나 안 힘들었어. 오히려 이런 결정이 내려지니까 더 편해진 느낌이야. 아무래도 우린 서로가 맞지 않았던 것 같았어. 지금까지 나만 그것을 모르고 있었던 거야. 바보같이."

"미안하다."

박영진이 낮은 목소리로 사과했다.

박영진으로서는 누군가에게 사과를 하는 것은 있을 수 없는 일이었지만 지금은 진심으로 미안한 표정을 띠고 있었다.

윤소정이 다시 웃었다.

"호호, 당신 입에서 미안하다는 말이 나올 줄은 몰랐네."

"……."

"아빠의 변호사를 통해 이혼서류는 접수했어. 당신 집에 있는 내 물건들도 안양댁을 시켜 모두 우리 집으로 옮겨놓았고."

"힘들었겠군?"

박영진이 물끄러미 윤소정을 바라보았다.

아내였던 여자였다.

자신의 아이 둘을 낳았고 한때는 자신과 오붓하게 붙어 앉아 미래를 꿈꾸던 여인이었다.

하지만 지금은 전혀 낯선 여인처럼 보였다.

태어나면서부터 평생 궁핍함이라는 것은 모르고 살 엄청

난 부자로 태어난 여인이 바로 자신의 아내였던 윤소정이었다.

그런 여인이 이처럼 멀게 느껴진 적은 처음인 박영진이었다.

"아빠가 회장님에게 위자료에 관한 것을 상의한다고 했으니 당신이 신경 쓸 일은 없을 거야."

이혼이 결정된 이후부터 시할아버지라는 말은 이제 사용하지 않는 윤소정이었다.

윤소정이 담담한 얼굴로 박영진의 얼굴을 빤히 바라보며 입을 열었다.

"아빠의 말로는 100억쯤 요구할 것이라고 하던데. 어쩌면 더 요구할지도 모르고."

윤소정의 말에 박영진의 눈이 살짝 치켜떠졌다.

이혼위자료로 100억이라면 평범한 사람에게는 그야말로 입이 쩍 벌어질 엄청난 금액이었다.

하지만 대 동신그룹의 후계자가 이혼한다면 그 금액의 의미는 다를 것이다.

더구나 외부에는 전혀 알려지지 않은 극비이혼이었다.

윤소정이 박영진을 보며 물었다.

"그 정도면 내가 충분히 요구할 수 있지 않을까? 회장님의 친 증손주 두 명을 낳아준 대가인데 말이야. 어쩌면 당신을 대신해서 미래에 동신그룹의 후계자가 될 수도 있는 아이들일 수도 있으니까."

박영진이 머리를 끄덕였다.

"회장님이 결정해 주시겠지."

"당신은 아마 평생 누군가를 가까이 두지 못할 거야."

윤소정이 웃으며 한 말에 박영진이 눈을 살짝 감았다.

순간 그의 머릿속에 긴 머리가 너무나 어울리는 한 명의 아름다운 여인의 얼굴이 떠올랐다.

자신이 평생을 살아오면서 처음으로 마음을 뺏긴 여인이었다.

흰색의 가운이 어울리며 단아한 모습이 너무나 아름답던 여인이다.

한서영.

박영진이 눈을 뜨면서 윤소정을 바라보았다.

"그러지도 모르지만 그렇다고 해도 후회하지는 않아. 지금의 이 결정을."

윤소정이 머리를 끄덕였다.

"후회하면 안 될 거야. 당신은 그런 운명으로 살아야 할 사람이니까."

박영진이 담담한 얼굴로 윤소정을 바라보았다.

"그런 말을 해주기 위해서 온 거야?"

윤소정이 고개를 흔들었다.

"아니. 이게 마지막이라는 것을 당신과 나에게 확인하기 위해서 온 거야. 그리고 다시 한번 확인했지."

박영진이 물었다.

"미국으로 언제 떠나는 거지?"

"조만간."

"가기 전에 일준이와 이준이를 한번 볼 수 있을까?"

박영진은 막상 윤소정이 한국을 떠날 것이라는 말에 자신의 쌍둥이 아들인 일준이와 이준이를 보고 싶다는 생각이 들었다.

어쩌면 자신이 살아서는 마지막으로 보는 얼굴일 것이라는 생각이 들었기 때문이다.

윤소정이 머리를 흔들었다.

"그건 안 돼. 아이들에게 혼란을 줄 수도 있으니까 말이야. 그리고 알다시피 일준이와 이준이는 당신에게 어떤 감정도 느끼지 못해. 아예 아빠라는 존재는 세상에 없는 존재라고 알고 있을 정도지."

"……."

"한 번도 아이들에게 애정을 가지고 안아줘 본 적이 없었던 당신이야. 그런 당신에게 없던 부정(父情)이 갑자기 생기지도 않을 것이고……."

윤소정이 박영진의 얼굴을 빤히 바라보며 다시 입을 열었다.

"이렇게 당신의 얼굴을 마지막으로 보면서 남아 있던 모든 감정을 내려놓고 싶었어. 밉지도 않고 원망하지도 않아. 그냥 당신이 참 불쌍한 사람이라는 것만 느낄 뿐이야. 아마 두 번 다시는 당신과 마주칠 일은 없을 거야. 이것으로 끝이라는 말이지."

"재혼은 생각해 본 적이 없어?"

박영진의 물음에 윤소정이 다시 환하게 웃었다.

"재혼? 호호, 난 두 번 다시 누군가의 아내가 되는 것은 생각해본 적이 없어. 하지만 모르지. 어느 날 내 마음에 진짜 좋은 사람이라는 생각이 들 정도로 듬직한 사람이 들어온다면 말이야. 아마 그 사람은 당신과는 전혀 다른 사람일 테지만. 그런 당신은 재혼을 생각해?"

박영진이 대답했다.

"글쎄……."

박영진은 재혼을 한다면 기필코 한서영이라는 여인과 할 것이라고 마음먹었다.

하지만 그것을 윤소정에게 털어놓기는 싫었다.

윤소정이 생긋 웃었다.

"재혼을 해도 상관없어. 당신이 재혼을 한다면 그 여인도 나와 같은 불행한 결혼을 경험하게 될 테니까 오히려 측은한 마음이 생길 것 같은데."

"……."

"이것으로 되었어. 마지막으로 당신과 이렇게 정리할 수 있어서 다행이야. 미련 따위는 전혀 없고 오히려 홀가분한 느낌이 드는 게 참으로 고마워."

말을 마친 윤소정이 자신의 옆에 놓아둔 가방을 들고 자리에서 일어섰다.

"마중할 필요도 없고 인사를 나눌 필요도 없어. 이냥 이 자리에서 타인처럼 돌아서는 것이 당신과 나에게 더 건강한 작별인 것 같아."

"그런가?"

"미국에서 엽서 정도는 보낼게. 집이 아닌 이곳 사무실로 말이야. 가끔 일준이와 이준이의 소식도 전해주도록 할게. 부정은 없지만 당신이 그 아이들의 아빠라는 것은 부인할 수 없는 일이니까 그 정도는 할 수 있을 거야."

"……."

박영진이 입맛을 다시며 윤소정을 바라보았다.

까만 흑채 같은 윤소정의 두 눈이 맑게 빛나고 있었다.

그다지 오랜 시간은 아닌 짧은 결혼생활이었지만 이런 식으로 마지막 매듭을 짓는다는 것이 그제야 박영진에게 실감으로 다가왔다.

윤소정이 웃으면서 마지막 인사를 건넸다.

"잘 살아. 그리고 행복하기를 빌게."

"미안하다."

박영진이 다시 미안하다는 말을 흘리고 있었다.

윤소정이 머리를 흔들었다.

"마음에 없는 말하기 없기. 그냥 잘가라는 말만 하면 될 뿐이야."

말을 마친 윤소정이 문 쪽으로 걸음을 옮겼다.

박영진이 자리에서 일어섰다.

윤소정이 머리를 흔들었다.

"일어날 필요 없어. 좀 전에 한 말을 잊은 거야? 배웅할 필요도 없고 마지막 작별인사 따위도 할 필요 없어. 그냥 이대로 헤어지는 거야."

박영진이 입술을 비틀었다.

"쉽군?"

"호호 맞아 쉽지. 하지만 이런 쉬운 결정을 하기까지 당신과 내가 참 많이 힘들었다는 것이 너무 한심해. 이럴 것을 왜 그렇게 힘들어 했는지 몰라."

"잘 가라."

"그래."

윤소정이 살짝 머리를 끄덕인 후 다시 몸을 돌렸다.

하지만 이내 다시 머리를 돌려 박영진을 바라보며 입을 열었다.

"참! 한 가지 잊었는데, 말하지 않은 것이 있어."

"뭐지?"

"나 전화번호 바꾸었어. 당신과 연결된 모든 인연을 끊어버리겠다는 의미야. 그러니 굳이 나에게 연락할 필요는 없다는 말이야. 당신과 나에게 남겨진 어떤 연결고리라도 남아 있다면 지워버릴 생각이지만 그래도 어느 곳에 흔적이라도 남았다면 당신이 지워 줘."

"……."

"그럼 진짜 갈게."

말을 마친 윤소정이 문을 열고 나갔다.

걸음을 옮기는 윤소정의 모습이 무척이나 홀가분한 느낌이 들어서 박영진이 잠시 얼떨떨한 표정을 지었다.

이혼이 결정되기 전까지 자신에게 애원하며 매달리던 모습은 이제 전혀 보이지 않았다.

마치 자신이 이혼을 결정하기 전에 윤소정이 먼저 이혼을 결정한 듯한 단호한 모습이었기에 박영진으로서도 조금은 당혹스런 느낌이 들었다.

방을 빠져나가는 윤소정의 뒷모습을 박영진이 약간은 허무한 표정으로 지켜보았다.

이혼을 결심하고 혼자가 되기로 마음먹은 이후 처음으로 드는 감정이었다.

그에게는 너무나 생소한 감정이었지만 그럼에도 약간의 상실감은 어쩔 수 없이 받아들여야 했다.

윤소정이 나간 후 한동안 혼자 서 있던 박영진이 책상 위에 놓인 인터폰을 눌렀다.

삐익—

신호음이 울리고 나서 곧 맑은 여자의 음성이 들렸다.

—네! 실장님.

비서실의 안여진 비서였다.

박영진이 입을 열었다.

"정인학 대리를 들여보내요."

—알겠습니다.

인터폰이 끊어지고 자신의 책상에 앉은 박영진이 깍지 낀 두 손으로 턱을 괴었다.

그의 얼굴빛이 침중해 보였다.

잠시 후 문에서 노크소리가 들려왔다.

똑똑—

박영진이 머리를 들고 입을 열었다.

"들어와요."

딸칵.

문이 열리고 이내 정장차림의 30대 남자가 들어섰다.

비서실의 정인학 대리였다.

"부르셨습니까? 실장님."

정인학의 표정은 굳어 있었다.

박영진이 정인학을 바라보며 물었다.

"내가 지시한 것은 어찌되어 갑니까?"

정인학이 굳은 표정으로 입을 열었다.

"그렇지 않아도 입수된 사진을 출력해서 오후에 보고를 드릴 참이었습니다. 한서영씨의 자택을 살피던 중 이상한 장면이 포착되어서 조사 중이었습니다."

박영진이 물었다.

"이상한 장면이라고요?"

"예!"

"그게 뭡니까?"

박영진의 물음에 정인학이 우물쭈물거렸다.

"그게……."

"뭡니까?"

정인학이 대답했다.

"저의 폰으로 전송되어온 사진이라 폰에서 사진을 인화해서 실장님께 보여드리려 한 것입니다."

"정대리의 폰으로 전송되었다고요?"

정인학이 머리를 끄덕였다.

"실장님의 지시로 우리 동신그룹와 거래를 하고 있던 서초동의 한신용역에 의뢰를 부탁할 생각이었는데, 한신용역의 양사장과 직원들 대부분이 갑자기 종적을 감춰버려서 어쩔 수 없이 영등포의 유한용역에 의뢰를 할 수밖에 없었습니다. 그런데 유한용역이 우리의 의뢰를 받는 것이 처음이라 좀 서툴러서 확보한 자료화면을 저의 폰으로 전송한 것입니다."

용역회사에 뒷조사를 의뢰할 경우 대부분 확보한 사진이나 영상은 선명한 사진으로 출력해서 제출하는 것이 정상이었다.

하지만 유한용역은 그냥 정인학의 폰으로 사진을 전송한 것으로 의뢰를 대행한 것이다.

박영진이 이마를 찌푸렸다.

"한신용역이 문을 닫았나요?"

박영진도 한신용역은 알고 있었다.

동진그룹에서 추진하는 비정상적인 업무를 대행해서 진

행하는 사설 암조직과 같은 곳이 바로 한신용역이었다.

동신그룹의 안산재개발지역의 부지확보에도 한신용역이 그 임무를 대행한 적이 있었기에 박영진이 한신용역을 모를 리가 없었다.

하지만 한신용역의 실체인 뉴월드파의 양재득과 간부진들이 모두 김동하에게 당해서 폐인이 되었고, 이후 해진과 권휘에 의해서 역삼동 남영종합병원에서 사라졌다는 것은 꿈에도 생각하지 못하고 있었다.

박영진이 정인학의 얼굴을 보며 물었다.

"정대리의 폰으로 전송되었다는 사진을 지금 볼 수가 있겠습니까?"

정인학이 머리를 숙였다.

"물론입니다."

정인학이 자신의 양복주머니에서 전화기를 꺼내어 들었다.

그리고 재빨리 전화기의 버튼을 눌러서 자신에게 전송된 몇 장의 사진을 화면에 띄웠다.

"이겁니다."

정인학이 박영진의 앞에 조심스럽게 전화기를 올려놓았다.

박영진의 미간이 좁혀졌다.

카페 같은 곳이 찍힌 사진이 보였다.

약간 거리를 두고 사진을 찍었는지 카페에 둘러앉은 네

사람의 얼굴을 확인하기 곤란할 정도로 작았다.

박영진이 물었다.

"이게 뭡니까?"

"실장님이 지시하신 한서영씨의 근황 사진입니다. 몇 장 더 있으니 뒤로 넘겨보시면 되실 겁니다."

정인학의 말에 박영진이 전화기의 화면을 터치해서 다른 화면으로 넘겼다.

좀 전의 사진보다는 약간 가까웠지만 화면이 떨린 탓에 얼굴의 모습이 왜곡되어 있었다.

몰래 사진을 찍어야 했기에 은밀하게 촬영해야 했을 것이고, 줌 기능으로 피사체를 끌어당겼다면 약간의 손 떨림만으로도 사진은 심하게 왜곡된다.

정인학이 입을 열었다.

"그 사진을 촬영한 곳이 외부에서는 사진촬영을 하기가 좀 쉽지 않은 곳이었고 또 몰래 촬영해야 해서 DSLR 카메라 대신 핸드폰을 이용해서 사진을 찍은 것이라고 하더군요."

박영진의 미간이 더 좁아졌다.

이런 식의 사진이라면 차라리 보지 않는 것이 더 좋을 것 같은 생각이 들었기 때문이다.

다음 화면을 넘기자 이번에는 제법 신중하게 사진을 찍었는지 화면의 떨림이 두 번째 사진보다는 덜했고 얼굴의 형태도 제법 선명했다.

박영진의 눈에 하얀 이를 드러내고 웃고 있는 한서영의 모습이 들어왔다.

동시에 한서영과 마주보고 앉은 한서영과 비슷한 또래의 아름다운 여인의 얼굴도 보였다.

어찌 보면 자매처럼 보이는 얼굴이었다.

박영진이 물었다.

"한선생과 마주앉아 있는 이 여인은 누굽니까?"

박영진의 물음에 정인학이 난감한 표정을 지었다.

"그 때문에 좀 더 조사를 해서 실장님께 보고를 드리려 했던 것입니다."

"누군데 조사를 해야 합니까? 보기로는 한선생과 같은 자매처럼 보이는데요."

정인학이 대답했다.

"사진을 전송해온 자의 말로는 한서영씨의 모친이라고 했습니다."

"모친이라고요?"

박영진의 눈이 커졌다.

정인학이 머리를 끄덕였다.

"예! 이번 일을 대행하고 있는 유한용역의 직원들조차 놀랐다고 하더군요. 그들도 처음에는 한서영씨의 언니나 동생 정도로 짐작하고 있었는데 카페의 주인이 직접 한서영씨와 마주앉은 두 사람을 한서영씨의 부모라고 말했다고 했습니다. 카페의 주인조차도 놀라는 모습이었다고도

했고요."

박영진이 눈을 껌벅였다.

아무리 보아도 한서영과 마주앉은 여인의 얼굴은 한서영과 비슷한 나이로밖에 보이지 않았다.

다음 사진을 넘기자 이번에는 두 남자의 얼굴이 보였다.

김동하와 한서영의 아버지인 한종섭의 얼굴이다.

"이 사람들은……."

박영진이 눈을 껌벅이며 두 남자의 얼굴을 바라보았다.

정인학이 입을 열었다.

"양복을 입은 사람이 바로 한서영씨의 부친입니다. 셔츠 차림의 남자는 한서영씨와 동행한 남자이고 말입니다."

박영진의 입이 조금 벌어졌다.

그의 눈에 비친 한종섭의 얼굴은 자신보다 어려보이는 20대 후반의 잘생긴 청년의 모습이었다.

"이게 말이 되나? 이 사람이 한선생의 부친이라고?"

자신과 마주한다면 자신보다 연하의 젊은 청년으로 보일 정도로 젊은 한종섭의 얼굴이었다.

정인학이 머리를 끄덕였다.

"한서영씨의 부친과 모친이 확실합니다. 이 사진을 전송한 유한용역의 청부인 말로는 한서영씨가 직접 앞에 앉은 여인과 남자에게 엄마와 아빠라는 호칭을 사용했다고 하더군요. 그 때문에 그 사람들도 혼란을 겪은 것 같습니다."

"기가 막히는군."

박영진이 한종섭과 이은숙의 얼굴을 다시 한번 확인했다.

정인학의 말을 전혀 믿을 수가 없을 정도로 젊고 어린 남녀였다.

이은숙은 한서영과 비슷한 또래의 여인으로 보였고 한종섭의 얼굴은 마주앉은 김동하보다 겨우 몇 살 정도 더 많은 나이로 보일 뿐이었다.

정인학 대리가 유한용역의 청부인에게 사진을 전송받고 혼란을 겪어 조사를 해야 한다고 했던 것도 이해가 될 정도였다.

박영진이 김동하를 가리켰다.

"한선생과 나란히 앉은 이 남자에 대한 조사는 해보았소?"

박영진이 정인학을 올려다보았다.

정인학이 약간 더듬거렸다.

이번에도 조금 난감한 표정이었다.

"실은 그게……."

"문제가 있습니까?"

정인학이 살짝 침을 삼킨 후 대답했다.

"실은 실장님이 알려주신 신사동의 한서영씨의 본가가 위치한 스카이캐슬에서 한서영씨의 동태를 살피려 했지만 한서영씨의 모습이 보이지 않았다고 했습니다. 그 사람

들은 방금 실장님이 보신 한서영씨의 모친을 한서영씨로 처음엔 오인했을 정도라고 하더군요. 그 때문에 며칠간은 헛수고를 했다고 털어놓기도 했습니다."

박영진이 머리를 흔들었다.

"아니 그러니까 내가 알아낸 그 주소에 한서영씨가 살고 있지 않다는 말입니까?"

정인학이 머리를 끄덕였다.

"그렇습니다. 유한용역의 그 사람들도 처음엔 한서영씨의 모친과 부친의 뒤를 따르다가 이곳 카페에서 한서영씨와 그 남자를 처음 보고 그제야 자신들의 표적이 잘못되었다는 것을 알았다고 했습니다. 그러니까 사진이 찍힌 곳에서 처음으로 그들이 한서영씨를 보게 된 것이지요. 그 때문에 한서영씨와 함께 있는 남자에 대한 정보도 전혀 알아내지 못했습니다."

이제야 막 한서영을 확인했을 정도라면 김동하에 대해서 알아내는 것은 처음부터 불가능할 것은 당연했다.

박영진이 이마를 찌푸렸다.

"그럼 한서영씨는 어디에 살고 있는 겁니까?"

정인학이 대답했다.

"한서영씨를 겨우 포착했으니 조만간 한서영씨의 거처를 알아낼 것입니다."

"어이가 없군."

박영진은 자신의 생각과는 전혀 다른 방향으로 흘러가는

상황이 어이가 없었다.

박영진이 잠시 무언가를 생각하다가 입을 열었다.

"일단 이 사람들이 한선생의 부모가 확실하다면 우선 한선생의 부모에 대한 정보를 알아내세요. 무슨 일을 하는 사람들이고 가능하다면 재산 정도나 취미나 특기 같은 것도 알아내면 좋겠습니다."

정인학이 머리를 숙였다.

"그 부분은 이미 조사를 한 것이 있습니다."

"그래요?"

"잠시 후에 그 부분만 따로 보고서를 올리도록 하겠습니다."

정인학의 청부를 받은 유한용역의 대리인이 한종섭을 추적해서 알아낸 정보는 한종섭이 운영하는 회사와 그의 차량번호 등 사소한 정보였다.

그리고 한서영의 어머니 이은숙에 관해서는 한남동의 한식집에서 나이 많은 여인들을 만나 소소한 일상을 즐겼다는 정도였다.

그 모든 것이 이은숙을 한서영으로 오인했던 것으로 얻어낸 정보이니 한서영이 직접 나타난 이후에는 별로 쓸모도 없는 정보였다.

그 때문에 아직 보고를 미루고 있었던 정인학이었다.

박영진이 미간을 좁히며 전화기 속에서 영상으로 떠올라 있는 김동하를 물끄러미 바라보았다.

잘생긴 얼굴에 자신보다 훨씬 어렸지만 건장한 체격과 총명해 보이는 눈을 가진 남자로 보였다.

"이 남자에 대해서는 조금 무리를 해서라도 자세한 정보를 알아내야 할 것 같습니다. 필요하다면 그쪽에 무력을 사용해서라도 알아내라고 지시하세요. 나이, 이름, 직업, 가족관계를 비롯해서 현재 한선생과의 관계 등을 상세하게 알아내야 합니다."

박영진은 한서영의 옆에 앉아 있는 김동하가 무척이나 거슬렸다.

마치 자신의 것을 뺏어서 차지한 것 같은 느낌이었다.

박영진이 머릿속에서 한서영의 옆에 자신이 앉아 있는 그림을 그려냈다.

만약 한서영이 자신을 받아들인다면 이 방에 아예 한서영의 책상을 만들어놓아서 하루 종일 한서영과 같이 있고 싶은 심정이었다.

실제로 한서영이 자신과 이어지게 된다면 한서영을 자신만의 주치의로 만들어서 자신의 모든 건강을 관리하게 할 생각이었다.

또한 동신그룹에서 추진하는 동신의료재단의 재단이사장에 한서영을 앉혀놓을 야심까지 품고 있었다.

정인학이 머리를 숙였다.

"알겠습니다. 그렇게 지시하겠습니다."

박영진이 정인학을 빤히 올려다보았다.

"시간이 그렇게 많지는 않으니 서둘러야 할 겁니다."

"명심하겠습니다."

정인학의 눈에 살짝 긴장하는 표정이 떠올랐다.

이런 말을 할 때의 박영진은 상당히 무섭고 두려운 존재라는 것을 누구보다 잘 알고 있는 정인학이었다.

"정대리의 전화에 전송된 사진을 나에게 전송하고 정대리는 사진을 지우도록 하세요. 공유하고 있는 것이 많을수록 불필요한 일이 생길 가능성도 많으니까 말입니다."

박영진이 전화기를 정인학에게 넘겨주었다.

정인학이 머리를 숙였다.

"여기서 바로 실장님께 전송하겠습니다."

정인학이 재빨리 자신의 전화기를 받아 박영진의 전화기로 사진을 전송했다.

박영진의 전화기에 자신이 전송한 사진이 입력되었다는 것을 확인하자 이내 사진을 모두 삭제해 버렸다.

박영진의 눈앞에서 한 행동이니 그보다 깔끔한 처리는 없을 것이다.

박영진은 조금 전에 본 한서영의 사진이 자신의 전화기에 전송되자 말없이 머리를 끄덕였다.

"그쪽 용역을 맡긴 곳에도 사진의 처리를 확실히 해야 할 거라고 말해두세요. 행여 한선생의 얼굴이 찍힌 사진으로 인해 한선생이 곤란한 상황에 빠지게 되면 그쪽도 절대 무사하지 못할 것이라고 언급해 두는 것이 좋겠습니다."

박영진은 한서영의 사진을 몰래 찍은 것으로 인해 한서영이 반감을 가지게 될 경우 자신의 생각과는 다른 일이 벌어질 것을 미리 예방해 두려는 심산이었다.

정인학이 머리를 숙였다.

"알겠습니다."

"나가보세요."

박영진의 말에 정인학이 정중하게 머리를 숙이고 이내 방을 빠져 나갔다.

박영진이 등을 의자에 기대면서 의자를 빙글 돌렸다.

그의 등 뒤는 서울의 잠실주변 전경이 한눈에 내려다보이는 거내한 유리창이다.

박영진의 시선이 물끄러미 창밖으로 보이는 풍경을 내려다보았다.

9월이 시작되었지만 아직도 한여름의 늦더위는 에어컨의 냉기를 필요로 할 정도로 더운 날이 이어지고 있었다.

위이이이이잉—

창가에 설치된 시스템 에어컨에서 시원한 냉기가 흘러나와 사무실을 식히고 있었다.

자신의 사무실을 찾아와 마지막 대화를 나누었던, 이제는 전처라고 할 수밖에 없을 윤소정의 마지막 모습은 그의 머릿속에 조금도 남아 있지 않았다.

지금 창밖의 풍경을 바라보는 그의 눈 속에 오버랩으로 떠올리는 영상은 하얀 이를 드러내고 사진 속에서 너무나 아름답게 웃고 있는 한서영의 얼굴이 전부였다.

　박영진의 입술이 꼬옥 다물어졌다.

　그것은 무언가를 결정해야 할 때 습관적으로 만들어 내는 박영진의 독특한 표정이었다.

＊　＊　＊

　"자기, 이것도 좀 입어봐."

　한서영이 회색빛의 양복을 김동하의 목 아래 살짝 가져다 대며 입을 열었다.

　김동하가 어이없다는 듯이 피식 웃으면서 대답했다.

　"또 입어야 합니까?"

　지금 김동하가 입고 있는 옷은 진한 감색의 양복이었다.

　여름양복이 아닌 춘추복이었기에 보는 사람들에게는 살짝 덥게 느껴질 수도 있는 옷차림이다.

　하지만 이미 하계양복은 몇 벌 정도만 남기고 모두 매대에서 철수하고 가을상품을 전시하고 있었기에 어쩔 수가 없었다.

　김동하는 감색의 양복에 어울리는 흰색의 와이셔츠와 같은 감색 넥타이까지 매고 있었는데 무척이나 잘 어울렸다.

　영문을 모르는 사람이 보았다면 누구라도 저절로 입을 벌리고 김동하를 훔쳐볼 정도로 매력적인 모습이었다.

　김동하가 이처럼 양복이 어울릴 것이라곤 몰랐던지 김동

하를 데려온 한서영도 놀랄 정도였다.

핸섬하고 잘생긴 젊은 CEO와 같은 느낌이 들 정도였다.

잠실 태인백화점 3층 남성 신사복 코너 중 한곳인 메텔이라는 기성복 부스의 매대를 관리하는 여직원도 몇 번이나 옷을 갈아입는 김동하를 보며 놀랄 정도였다.

평일 한낮의 한가한 시간이었기에 3층의 남성복 코너는 상대적으로 쇼핑고객이 많은 여성복 코너와 달리 한산한 느낌이 들었다.

고객으로 붐비는 것보다는 훨씬 쇼핑하기가 좋은 시간이었기에 한서영도 여유 있게 김동하의 옷을 고르고 있었다.

다른 사람의 시선을 받지 않고 옷도 쉽게 갈아입을 수 있었기에 김동하도 편한 듯 표정이 부드러웠다.

한서영이 김동하를 반짝이는 시선으로 바라보고 있었다.

탤런트나 영화배우 같은 연예인도 입는 것을 꺼려할 정도라는 흰색의 양복까지 김동하에게는 너무나 잘 어울렸다.

여직원조차 김동하가 옷을 갈아입을 때마다 속으로 탄성을 지르고 있는 중이었다.

한서영은 김동하에게 양복을 입히면서 김동하가 이 정도로 현대식 양복에 어울리는 남자라는 사실에 놀라고 있었다.

그도 그럴 것이 벌써 다섯 벌 정도의 양복을 걸쳐보았지만 어떤 옷이든 무척이나 잘 어울렸기 때문이었다.

김동하가 어색한 표정으로 한서영이 내민 옷을 받아들고 다시 탈의실로 들어갔다.

그 모습을 바라보던 한서영이 머리를 돌려서 지금까지 김동하가 입었다가 벗어놓은 양복을 바라보았다.

모두 네 벌의 옷이 가지런하게 걸려 있었다.

방금 입은 감색의 옷까지 더하면 다섯 벌이고 지금 가지고 들어간 회색의 옷을 더하면 여섯 벌이다.

아니 장난삼아 입혀보았던 흰색의 양복을 더한다면 모두 일곱 벌인 셈이었다.

흰색의 양복은 김동하에게 어울린다고 해도 구입할 생각은 전혀 없는 옷이었기에 제외했다.

한서영이 김동하가 입었다가 벗어놓은 옷을 반짝이는 시선으로 훑어보았다.

아예 이참에 조금 무리를 해서라도 김동하의 양복을 모두 구입해야 하겠다고 생각한 한서영이 눈빛을 반짝이며 김동하가 다시 옷을 갈아입기 위해서 들어간 탈의실을 바라보았다.

한서영은 김동하가 걸치는 옷마다 마음에 들었다.

이곳 양복코너에 오기 전에 미리 구두를 먼저 샀던 것이 현명한 선택이었다.

김동하는 한서영이 요구하는 대로 옷을 갈아입어야 했다.

자신이 옷을 갈아입는 모습을 보며 한서영이 무척 즐거워한다는 것을 알고는 아예 한서영이 시키는 대로 고분고분 따르고 있었다.

기성복 전문점 메텔의 여직원이 한서영을 보며 놀란 듯이 입을 열었다.

"남편 분이 너무 몸매가 좋으셔요. 저기 흰색 양복은 그냥 전시용으로 놓아둔 것인데 누구도 입어볼 생각을 하지 못했던 거예요."

한서영은 여직원이 김동하를 자신의 남편이라고 말하자 어색한 기분이 들었지만 기분이 좋았다.

"호호 고마워요."

여직원이 머리를 갸웃했다.

"혹시 남편 분이 모델이세요?"

한서영이 손으로 입을 가리며 웃었다.

"홋! 그런 거 아니에요."

한서영으로서는 김동하가 찬사를 받는 것이 자신이 찬사를 받는 것처럼 즐거웠다.

여직원이 생긋 웃으면서 말했다.

"옷 고르실 때 어떤 옷을 고를지 걱정하지 않으셔도 되시겠어요. 무엇을 걸쳐도 마치 일부러 그렇게 맞춘 것처럼 어울리는 분은 처음이에요. 아무 옷이나 골라도 다 어울리니 얼마나 좋으시겠어요."

"그런가요?"

그때 매장 안으로 건장한 30대의 남자와 안경을 낀 40대의 남자가 들어섰다.

　대화를 나누면서 매장으로 들어오는 것으로 보아 같은 일행인 듯싶었다.

　여직원이 새로운 손님을 맞이하기 위해서 그쪽으로 걸음을 옮겼다.

　"어서 오세요."

　여직원의 깍듯한 인사에 남자들이 힐끗 한서영을 바라보다가 진열된 양복으로 시선을 던졌다.

　"춘추복 한 벌을 구입할 생각인데, 요즘 유행하는 스타일이 어떤 스타일이요?"

　30대의 남자가 두 손을 호주머니에 찔러 넣은 채 건성인 어투로 물었다.

　여직원이 대답했다.

　"요즘은 트임이 없는 수트와 발목이 드러나는 짧은 듯한 팬츠스타일이 대세예요. 이쪽으로 오셔서 살펴보세요."

　여직원이 옷이 진열된 한쪽으로 안내했다.

　그때 30대의 남자 뒤쪽에 서 있던 안경 낀 40대의 남자가 매장을 둘러보며 입을 열었다.

　"여기 매장 사진을 찍고 싶은데 괜찮겠어요?"

　여직원이 눈을 깜박였다.

　"매장사진을 찍으신다고요?"

　옷을 구입하겠다고 말했던 30대의 남자가 머리를 끄덕

이며 끼어들었다.

"매장 진열상태나 인테리어를 참고하고 싶어서 그럽니
다. 여기 우리 형님도 이곳 같은 기성복 매장을 운영하거
든요. 여기처럼 유명한 백화점은 아니지만 제법 규모가 큰
가게예요. 여기에 비해서 규모는 좀 작지만 이런 식으로
진열을 할 생각이라서… 우리 형님이 요즘 매상이 줄어서
아예 진열방식을 좀 다르게 할까 고민 중인데 이런 매장을
방문할 때마다 양해를 구하고 사진을 찍지요. 하하."

30대의 남자가 물어보지도 않은 말을 약간 호들갑스럽
게 떠들어 댔다.

여직원이 약간 의심의 눈으로 어깨에 제법 고성능으로
보이는 DSLR 카메라를 메고 있는 40대의 남자를 바라보
다가 이내 머리를 끄덕였다.

"뭐 단순하게 매장 진열상황을 찍는 것이라면 상관이 없
어요. 다만 우리 매장의 상호는 좀 피해 주셨으면 좋겠어
요."

40대의 남자가 싱긋 웃었다.

"상호를 찍는 일은 절대 없을 겁니다."

여직원이 허락하자 40대의 남자가 단번에 어깨에 멘 카
메라를 풀어내 손에 들었다.

찰칵—

찰칵—

남자의 카메라 렌즈가 매장의 진열상품을 사진 속에 담

기 시작했다.

한서영은 김동하가 나오기를 기다리다 카메라 셔터음이 들려오기에 머리를 돌렸다.

그곳에서 40대의 남자가 카메라로 매장의 진열상품을 찍는 것을 보고는 흥미 없다는 듯이 다시 시선을 돌렸다.

여직원은 40대의 남자가 진짜로 진열된 상품들을 찍는 것을 보며 머리를 돌렸다.

디자인을 도용하는 것으로 보이지도 않았고 단순하게 진열된 상품의 사진만 찍는 것으로 판단했기에 거부감도 없었다.

여직원이 시선을 돌리는 사이에 40대의 남자가 들고 있는 카메라 앵글 속에 한서영의 얼굴 옆모습이 들어왔다.

찰칵—

순식간에 한서영의 얼굴을 찍은 40대의 남자 카메라의 렌즈가 다시 상품으로 돌아갔다.

플래시를 터트리지 않아도 백화점의 밝은 조명과 렌즈의 성능으로 인해서 선명한 한서영의 사진이 찍혔다.

그때 탈의실에서 회색의 양복으로 갈아입은 김동하가 걸어 나왔다.

한서영의 눈이 반짝였다.

메텔의 진열상품을 찍던 40대의 남자 렌즈가 이번에는 빠르게 등을 진 한서영과 한서영과 마주보는 김동하의 얼굴을 포착했다.

찰칵―

한순간이었다.

김동하가 카메라의 셔터음에 시선을 돌려 40대의 남자를 바라보자 이미 렌즈는 다른 방향으로 돌아가 있었다.

김동하는 40대의 남자가 무엇을 하는 것인지 힐끗 보았다가 자신과 상관이 없다는 것을 느끼곤 이내 한서영에게 시선을 돌렸다.

"어떻습니까? 개인적으로 저는 이 옷이 마음에 듭니다."

김동하는 한서영이 또다시 다른 옷을 고르기 전에 재빨리 자신의 생각을 전했다.

한서영이 머리를 끄덕였다.

"역시 그 옷도 어울리네. 자기가 무슨 옷을 입든 다 내 마음에 들어. 호호."

김동하가 부드럽게 웃었다.

"그럼 이 옷으로 결정하는 것이 좋겠습니다."

김동하는 지금 입고 있는 회색의 양복이 진짜로 마음에 든다는 표정이었다.

한서영이 머리를 흔들었다.

"아니야. 지금까지 자기가 입었던 옷은 전부 다 살 거야."

김동하의 눈이 커졌다.

"예?"

순간 또다시 카메라의 셔터음 소리가 들려왔기에 김동하

가 시선을 돌렸다.

한서영의 시선도 돌아갔다.

김동하의 눈이 반짝이고 있었다.

자신이 시선을 돌리는 순간 40대의 남자가 들고 있는 카메라의 렌즈가 급하게 다른 방향으로 돌아가는 것을 느낀 것이다.

김동하의 표정이 변하는 것을 본 한서영이 이마를 찌푸렸다.

"왜 그래?"

김동하가 물었다.

"저 사람이 손에 들고 있는 것 카메라라는 것이 아닙니까?"

김동하는 과거와는 달리 화공의 손으로 사람의 얼굴을 그림으로 그리지 않고 그림보다 선명한 사진으로 담을 수 있다는 것은 알았다.

다만 그 사진을 찍는 카메라를 본 것은 한서영과 함께 자신의 신분증에 붙일 사진과 여권사진을 찍을 때가 처음이었다.

당시 카메라를 처음 보았던 김동하는 카메라를 보며 무척 놀라워했다.

아직도 배울게 많은 김동하였다.

처음 이곳에 도착했을 때처럼 보는 것마다 신기해하진 않았지만 그것이 무언지는 알아내려 했다.

한서영이 입을 열었다.

"맞아 저것 카메란데?"

"카메라라는 것은 사진을 찍는 것이 아닙니까?"

한서영이 대답했다.

"맞아. 사진을 찍는 거야. 자기 신분증에 붙일 증명사진하고 여권사진을 찍을 때 보았잖아."

"그걸 이런 곳에 왜……."

김동하가 이마를 살짝 찌푸렸다.

"카메라의 앞에 달린 저 뭉툭하고 검은 것은 무엇입니까?"

사진관에서 자신의 증명사진을 찍을 때와는 전혀 다른 렌즈가 달려 있는 카메라였기에 김동하가 물었다.

한서영이 힐끗 다른 곳으로 렌즈를 맞추고 있는 40대의 남자를 보며 대답했다.

"카메라의 앞에는 카메라의 눈처럼 렌즈라는 것이 달려 있는데 그것으로 사진을 찍을 대상을 포착하고 초점을 맞춰서 찍는 거야. 저건 증명사진을 찍을 때의 렌즈랑 다른 렌즈인데 멀리 있는 피사체를 가까이 당겨서 찍을 수 있어. 근데 저 사람은 이곳 매장의 상품을 찍는 것 같던데?"

김동하가 대답했다.

"좀 전에 저 사람의 카메라 앞에 달린 렌즈라는 것이 누님과 저에게 맞춰졌는데 그게 무슨 뜻입니까?"

김동하의 말에 한서영의 얼굴이 굳어졌다.

"렌즈가 자기와 나한테 맞춰져 있었다고?"

김동하가 머리를 끄덕였다.

"분명합니다. 머리를 돌리는 순간 카메라의 렌즈라는 것이 다른 방향으로 돌아가더군요."

"그래?"

한서영의 눈이 좁혀졌다.

한서영이 자신의 모습을 내려다보았다.

청바지에 평범한 티셔츠 차림이었다.

몰래 카메라로 찍을 수치스러운 부분은 한곳도 없었고 그것은 김동하도 마찬가지였다.

하지만 누군가 자신이 허락한 적도 없는 자신의 얼굴을 사진으로 찍었다면 불쾌한 기분이 드는 것은 당연했다.

더구나 자신이 유명한 연예인처럼 파파라치의 카메라 렌즈를 감수해야 하는 처지도 아닌 평범한 애송이 의사라면 더더욱 그렇다.

"자기가 본 것이 사실이라면 확인해 보아야겠어."

한서영이 몸을 돌렸다.

그러자 김동하가 한서영의 뒤쪽에서 나란히 한서영을 따랐다.

40대의 남자는 한서영과 김동하가 자신이 사진을 찍는 곳으로 다가오자 몸을 돌려 다른 곳으로 움직이려 했다.

하지만 한서영의 발걸음이 더 빨랐다.

"잠깐만요."

한서영의 싸늘한 말에 40대의 남자가 카메라 파인더 창에서 눈을 떼며 한서영을 바라보았다.

그가 주변을 두리번거리다가 한서영을 바라보았다.

"저 말입니까?"

한서영이 머리를 끄덕였다.

"그럼 여기 댁 말고 누가 있어요?"

한서영의 싸늘한 말에 40대의 남자가 눈을 껌벅이며 한서영을 바라보았다.

참으로 기가 막힐 정도로 아름다운 한서영이 싸늘한 표정을 짓자 그것도 독특한 아름다움으로 느껴졌다.

40대의 남자가 물었다.

"왜 그러십니까?"

한서영이 대답했다.

"잠깐만 그 카메라 사진 좀 확인해 보아야 할 것 같네요."

순간 40대의 남자 얼굴이 살짝 굳어졌다.

"사진을 확인한다고 했소?"

한서영이 머리를 끄덕였다.

"그래요. 잠시면 되니까 카메라를 보여주세요."

40대의 남자가 어이가 없다는 얼굴로 한서영을 바라보았다.

"아가씨가 뭔데 내 카메라를 확인한다는 겁니까? 난 여기 매장의 옷이 정돈된 진열상태가 너무 독특하고 좋아서

내가 운영하는 매장에 참고하기 위해서 찍고 있었을 뿐인
데."

한서영이 딱딱한 얼굴로 입을 열었다.

"경찰을 불러서 강제로 확인할까요, 아니면 그냥 여기서
조용히 보여주고 끝내실래요?"

40대의 남자가 어금니를 꾹 깨물었다.

"이 아가씨가 정말 무슨 소릴 하는 거야?"

그때였다.

40대의 남자랑 동행해서 매장으로 들어왔던 30대의 사
내가 굳은 표정으로 다가왔다.

"용제 형, 무슨 일이에요?"

30대 사내의 말에 용제 형이라 불린 40대의 사내 김용제
가 머리를 돌렸다.

"응, 도일아. 내가 지금 너무 황당해서 기가 막힌다."

40대의 남자 김용제의 말에 30대의 남자 서도일이 눈을
껌벅였다.

"뭔데요?"

서도일이 일행인 김용제와 싸늘한 표정으로 마주보고 있
는 한서영을 번갈아 바라보았다.

김용제가 턱으로 한서영을 가리켰다.

"글쎄 이 아가씨가 내가 여기 매장 진열상태를 찍고 있는
카메라를 확인해야 하겠단다."

"예?"

서도일이 눈을 동그랗게 뜨더니 이내 한서영을 바라보았다.

"아가씨가 뭔데 우리 형 카메라를 확인하겠다는 거요?"

한서영이 싸늘한 목소리로 입을 열었다.

"남의 얼굴을 동의도 얻지 않고 찍는 것은 명백한 초상권 침해라는 것은 아시고 계시죠?"

김용제가 이를 악물었다.

"아, 내가 뭣 때문에 아가씨의 얼굴을 찍어? 예쁜 얼굴이긴 하지만 아가씨 얼굴보다는 난 내 매장에 상품들 진열하는 방식을 참고하기 위해서 여기서 사진을 찍은 것뿐이라니까."

한서영이 대답했다.

"그러니까 카메라를 확인해 보자는 거 아니에요?"

한서영의 전혀 물러나지 않았다.

서도일이 한서영의 앞으로 코를 들이밀었다.

"이봐 아가씨, 어디서 못된 장난을 치는 거야? 이런 식으로 엉뚱한 남자들 뒤통수치는 거 안 좋은 습관이야."

한서영이 이마를 찌푸렸다.

"입 냄새 나니까 얼굴 치워요."

한서영의 얼굴에 불쾌하다는 표정이 생생하게 떠올랐다.

그때 매장 여직원이 다가왔다.

"무슨 일인가요?"

한서영이 입을 열었다.

"이 사람이 나와 내 남편을 몰래 카메라로 찍은 것 같아요. 그래서 카메라의 확인을 요구하고 있는 중이에요."

한서영의 말에 여직원이 놀란 표정을 지었다.

"뭐라고요? 그게 정말이에요?"

한서영이 머리를 끄덕였다.

"물론이에요. 남편이 본 것이니 틀림없어요."

한서영의 표정은 단호했다.

여직원이 김용제에게 시선을 돌렸다.

"정말 우리 매장의 고객이신 이분들의 사진을 찍은 것인가요?"

김용제가 머리를 저였다.

"그런 적 없습니다. 그쪽에 요구한 대로 매장의 진열상태를 사진으로 찍은 것뿐입니다."

여직원이 머리를 흔들었다.

"그것을 어떻게 믿어요. 사진을 확인할 테니 카메라를 보여주세요."

여직원의 말에 서도일의 얼굴이 일그러졌다.

"이런 시팔, 안 찍었다니까 왜 못 믿고 지랄이야? 니미럴, 조금 반반한 얼굴이라고 아무나 카메라 들이댈 것이라고 생각한 거야? 응? 착각하지 마, 이년아!"

한순간에 사나워진 서도일의 행동에 한서영이 움찔 물러섰다.

서도일로서는 난감한 순간을 빠져 나가기 위한 의도적인 행동이었다.

이런 식으로 거칠게 나가면 상황이 바뀌는 것이 보통이다.

김용제도 거들었다.

"시팔, 진짜 듣고 있으려니 못 참겠네. 아가씨. 몇 번이나 안 찍었다고 했잖아. 내 동생이 화나면 무서운 사람이야. 여자라고 안 봐준단 말이야. 알았어?"

김용제까지 얼굴을 구기며 한서영을 쏘아보았다.

매장의 여직원이 약간 창백해진 얼굴로 입을 열었다.

"좋아요. 그럼 좀 전에 우리 매장에서 찍은 사진은 전부 지워주세요."

여직원의 말에 김용제가 얼굴을 굳혔다.

"뭐라고?"

"찍은 사진을 모두 지워달란 말이에요. 아니 지우는 것보다는 차라리 카메라의 메모리카드를 넘겨주세요."

여직원의 말에 서도일이 이를 악물었다.

"시팔 이것들이 진짜 사람이 고분고분하게 나가니까 우리가 호구로 보이지? 방금 뭐라고 했어? 다시 지껄여봐 쌍년아, 콱!"

서도일이 일그러진 얼굴로 여직원의 얼굴을 후려칠 듯이 손을 들어올렸다.

김동하보다 조금 더 큰 체격이었기에 서도일의 손은 연

약한 여자들이 얻어맞으면 한순간에 나가떨어질 정도로 위압적이었다.

서도일의 위협적인 행동에 여직원이 자신도 모르게 목을 움츠리며 짧게 비명을 질렀다.

"꺅!"

백화점의 매장에서 일하다 보면 진상처럼 예의 없이 구는 사람들에게 욕설을 듣거나 심하면 손찌검을 당하는 일이 가끔 벌어진다.

한번 그런 일이 일어나면 그 고객은 백화점의 블랙리스트에 올라서 이곳 백화점에서의 쇼핑을 아예 차단하기도 했다.

여직원은 서도일과 김용제가 그런 사람들이라는 생각이 들었기에 본능적으로 얼굴을 가리려 한 것이다.

순간 서도일은 자신의 손이 누군가에게 잡히는 것을 느꼈다.

턱—

"뭐야?"

서도일이 자신의 손을 잡은 사람을 바라보았다.

김동하가 서도일의 손목을 잡고 있었다.

서도일의 손목을 낚아챈 김동하가 조용히 입을 열었다.

"여자를 대하는 예의가 없다 했더니 손버릇도 나쁘군요."

그때 서도일의 옆에 서 있던 김용제가 김동하에게 달려

들었다.

"그 손 놓지 못해? 이런 시팔, 어린놈의 새끼가."

김용제까지 김동하의 얼굴을 후려칠 듯이 달려들었다.

남성복 코너의 메텔부스와 인근에 있는 다른 브랜드의 부스에서 근무하는 직원들이 메텔부스에서 벌어지는 황당한 상황에 놀란 듯 멀리서 바라보고 있었다.

그나마 한산한 남성복 코너에서 벌어지는 상황이었기에 각 브랜드 부스직원 외에 고객들이 그다지 많지 않다는 것이 다행이라면 다행이었다.

아마 조만간 3층 관리매니저가 달려 올라올 것이 분명했다.

다른 부스의 직원들이 동료직원이 당하는 것을 그냥 보고만 있지는 않을 것이기 때문이다.

김용제가 김동하의 얼굴을 후려칠 듯이 달려드는 순간 김동하의 다른 손이 김용제의 팔목을 낚아챘다.

터억.

"억!"

서도일과 김용제는 김동하의 손에 의해 손이 잡히자 어떻게 된 영문인지 전혀 힘을 쓸 수가 없었다.

"이, 이거 안 놔?"

김용제가 김동하의 손에서 자신의 팔을 빼내기 위해서 힘을 주었지만 전혀 소용이 없었다.

한순간 자신의 몸에서 모조리 힘이 빠져나간 것 같은 느낌이 들었다.

그것은 서도일도 마찬가지였다.

김동하보다 반 뼘 정도 자신의 키가 더 컸고 덩치도 자신이 더 큰 것 같았지만 김동하의 손에 손이 잡힌 순간 그야말로 옴짝달싹 할 수 없는 무력함에 빠졌다.

두 사람의 손을 잡은 김동하가 한서영을 보며 입을 열었다.

"이자가 찍은 사진을 확인해요."

한서영이 급하게 머리를 끄덕였다.

여직원도 놀란 듯 머리를 들었다.

건장한 두 명의 사내가 핸섬해 보이는 김동하의 손에 잡혀서 끙끙대는 묘한 상황이 벌어지고 있었다.

그야말로 눈 깜박할 사이에 벌어진 일이었다.

그때였다.

후다다닥—

조용한 남성복 코너의 매장을 누군가 급하게 달려올라오는 소리가 들렸다.

검은색의 정장에 가슴에 태인백화점의 로고가 박힌 작은 이름패가 달려 있는 남자직원들이었다.

메텔부스로 달려온 남자직원은 모두 세 사람이었다.

가운데서 달려온 남자직원의 가슴에는 3층 매니저 이용수라는 이름이 선명하게 새겨진 이름패가 달려 있었다.

"미애씨! 이게 어떻게 된 일입니까?"

이용수 매니저의 얼굴에는 당황하는 기색이 역력했다.

3층 담당 매니저인 이용수와 함께 달려온 사내 두 명이 김동하가 두 명의 사내 손목을 잡고 있는 것을 보며 입을 열었다.

"고, 고객님, 여기서 이러시면 안 됩니다. 그 손을 놓으세요."

그들은 남성복 코너인 메텔부스를 소란스럽게 만든 장본인이 김동하라고 오해하고 있었다.

메텔부스의 여종업원인 심미애가 머리를 흔들었다.

"이분이 아니에요."

"예?"

심미애가 김동하에게 잡힌 서도일과 김용제를 가리키며 설명했다.

"이분들이 우리 코너의 고객님 얼굴 사진을 몰래 찍은 것 같아요. 그래서 확인을 요구했는데 다짜고짜 싸우려고 해서 이렇게 된 거예요."

그때 한서영은 김동하가 붙잡고 있는 김용제의 카메라를 확인하고 있었다.

촬영된 사진은 그 자리에서 바로 카메라로 확인할 수 있었다.

몇 번 버튼을 누르지 않아도 이내 카메라의 액정모니터에 한서영의 눈에 자신과 김동하의 얼굴이 찍힌 사진이 떠올랐다.

한서영이 이를 악물고 다시 뒤쪽으로 확인을 계속했다.

그 결과 한서영의 얼굴이 근 10장 정도가 찍혀 있었다.

김동하는 몇 컷 되지 않지만 옷을 갈아입고 나온 이후에 두 컷 정도가 더 찍힌 모습이었다.

그리고는 마치 그것을 감추기 위해서인 것처럼 메텔의 부스 진열상태를 건성으로 찍은 사진들이 이어졌다.

한서영이 자신의 얼굴이 제일 먼저 찍힌 것을 액정모니터에 올려놓고 김용제의 코앞에 내밀었다.

"이래도 발뺌하실 건가요?"

너무나 선명한 증거였다.

김용제의 얼굴이 시뻘겋게 달아올랐다.

"이게……."

한서영이 싸늘한 얼굴로 김용제를 쏘아보았다.

그때 태인백화점 3층 담당매니저인 이용수가 한서영에게 다가왔다.

"카메라의 사진을 확인하셨습니까?"

이용수가 한서영의 얼굴을 보다가 카메라로 시선을 돌리며 잠깐 놀란 표정을 지었다.

카메라의 액정모니터에 선명하게 떠오른 한서영의 옆모습이 찍힌 사진이 그의 눈에 들어왔다.

그야말로 어떤 변명으로도 핑계를 댈 수 없는 몰래카메라의 증거였다.

"이, 이 사진을 몰래 찍었단 말씀이십니까?"

한서영이 머리를 끄덕였다.

이용수 매니저가 얼굴을 굳히며 입을 열었다.

"경찰을 부르시겠습니까?"

한서영의 얼굴을 본인의 동의를 얻지 않고 몰래 촬영한 것은 명백한 위법행위라고 할 수 있었다.

진열품을 찍다가 우연히 찍힌 것이라면 별다른 문제가 되지 않을 수도 있겠지만 이것은 말 그대로 한서영의 얼굴에 초점을 맞추고 찍은 것이기에 문제가 될 것은 당연했다.

물론 이 사진으로 서도일과 김용제가 구속될 정도는 아니지만 입건사유로서는 충분했다.

한서영이 머리를 흔들었다.

"아니에요. 굳이 경찰을 부를 일은 아닐 것 같네요. 그냥 사진만 지우면 되는 일이니 문제를 만들고 싶지 않아요."

한서영은 자신과 김동하의 얼굴을 몰래 찍었다고 서도일과 김용제를 경찰에 고발할 생각은 없었다.

매니저가 머리를 끄덕였다.

"알겠습니다. 고객님께서 문제 삼지 않겠다면 저희들도 일을 크게 만들 생각은 없습니다."

한서영이 이용수 매니저를 보며 입을 열었다.

"이 문제는 우리가 알아서 해결하면 되니까 그냥 가보셔도 됩니다."

"아! 네 감사합니다."

이용수 매니저가 인사를 한 이후에 곧장 메텔의 여직원 김미애에게 다가갔다.

놀란 듯한 표정으로 서 있는 김미애를 데리고 부스의 한쪽으로 향하자 한서영이 김동하에게 손이 잡힌 김용제를 쏘아보며 입을 열었다.

"왜 우리 얼굴을 몰래 찍은 거예요?"

김용제의 눈이 껌벅이고 있었다.

"그게……."

김용제로서는 참으로 난감한 상황이었다.

카메라에 한서영의 얼굴이 그대로 찍혀 있는 것이 드러났으니 변명의 여지가 없었다.

두 사람은 박영진의 지시를 받은 정인학 대리가 한서영과 김동하의 동태를 조사해 달라고 용역을 의뢰한 유한용역의 직원들이었다.

신사동의 스카이캐슬 아파트 단지 앞에 위치한 '치맥천국'이라는 생맥주와 치킨을 파는 카페에서 몰래 한서영과 김동하를 비롯해 한서영의 부모 얼굴까지 휴대폰으로 촬영한 사람들도 이들이었다.

애초에는 한서영의 어머니인 이은숙을 한서영으로 오해하고 그녀의 뒤를 밟았다.

그러다 이은숙이 남편과 함께 딸인 한서영과 사위인 김동하를 만나는 장면을 보고 그들은 자신들이 무언가 잘못 알고 있다는 것을 그제야 알게 된 것이다.

정인학에게 한서영에 대해서 조사해 달라는 의뢰를 받았지만 엉뚱하게 한서영의 어머니인 이은숙을 캐고 있었던 탓에 지금까지 단 한 개의 자료도 제대로 송고하지 못했다.

그들로서는 진짜 한서영이 나타나 부모와 만나는 장면은 그야말로 최고의 정보라고 판단하고 바로 정인학에게 그 자리에서 찍은 사진을 바로 전송했다.

한서영과 김동하를 비롯해 한서영의 부모 사진까지 정인학의 의뢰를 접수한 이후 처음으로 정보다운 정보를 정인학에게 전송한 그들은 끝까지 한서영과 김동하의 뒤를 캐볼 생각이었다.

그 덕분에 한서영이 부모와 함께 살지 않고 따로 김동하와 살고 있다는 것까지 알아냈다.

서도일과 김용제는 진짜 한서영이 나타난 것을 확인한 뒤에 곧바로 그 영상을 정인학에게 전송한 이후 치맥천국에서 먼저 빠져나와 한서영과 김동하가 카페를 나오기를 기다렸다.

그 후 한서영과 김동하가 부모와 헤어져 집으로 귀가할 때부터 뒤를 밟기 시작했지만 중간에 누군가와 만나서 람세스라는 클럽에 들르게 될 것이라곤 예상하지 못했다.

어렵게 람세스 근처에서 두 사람이 다시 나오기를 기다렸다가 다시 뒤를 밟았다.

그들이 살고 있는 곳이 한서영의 부모가 살고 있는 본가와 인접한 반포의 다인캐슬아파트라는 것은 알아냈지만 정확한 동과 호수는 알지 못했기에 그날은 그대로 돌아갔다.

그것만으로 충분한 정보를 얻었기에 나중에 다시 확인할 생각이었다.

하지만 그것도 쉽지 않은 일이었다.

한서영과 김동하가 살고 있는 다인캐슬 아파트는 아파트 주민이 아닌 외부인의 출입은 엄격하게 통제되는 곳이었다.

외부인과 외부인의 차량이 아파트 단지를 출입하기 위해서는 방문처의 동호수와 용무를 정확하게 알려야 했고 아파트 정문을 관리하는 곳에서는 반드시 그것을 확인하고 안으로 통과시켜 주었다.

얼마 전 단지 내 아파트 가스폭발 사고 이후 정체불명의 영상이 유튜브에서 떠돌았던 것이 아파트의 관리를 더욱 강화하게 만들었던 이유였다.

가스사고로 불타고 있는 아파트로 마치 유령과 같은 사람형태의 그림자가 빠르게 날아 들어가는 것 같은 영상이었다.

선명하지 않고 조잡했기에 조작된 영상이라는 소문이 흘러나왔지만 당시 저녁 9시 뉴스에도 나올 정도로 화제가 된 영상이었다.

그것은 김동하가 가스사고가 난 아파트의 4식구를 살리

는 영상의 장면 중 하나였다.

다행히 영상의 상태가 선명하지 않았기에 녹화된 영상은 가스사고 당시 화제로 인한 상당한 열기가 흘러나오면서 착시현상을 일으킨 것으로 일단락되었다.

하지만 그 영상 때문에 외부인의 출입을 더욱 엄격하게 관리해야 한다는 주민들의 요구가 있었고 결국 아파트 관리사무소지침으로 외부인의 출입자체가 더욱 강화되어버린 것이다.

그 때문에 두 사람은 다인캐슬 아파트로 들어가지는 못하고 그저 아파트 입구에서 한서영과 김동하가 나오기를 기다렸다.

하지만 며칠째 한서영과 김동하는 아파트 밖으로 나오지 않았다.

어렵게 한서영과 김동하를 만날 수 있었지만 전혀 외부출입을 하지 않는 것에 두 사람은 초조함을 느끼고 있었다.

두 사람만으로 한서영과 김동하를 조사하는 것은 너무나 무리라는 것을 그제야 실감했지만 유한용역의 사무실에서는 인원을 더 보충해 주지는 않았다.

다만 유한용역사무실의 실세인 업무실장으로부터 한서영과 김동하가 다시 모습을 드러냈을 때 사무실로 두 사람의 위치를 통보하면 추가 인력을 파견하겠다는 대답만 들었다.

정인학이 유한용역에 한서영과 김동하에 대한 정보를 요구하며 착수금으로 지급한 돈은 300만 원이었다.

알아낸 정보에 따라 추가 지급한다는 약속은 받았지만 착수금 300만 원에 추가인력을 배치하는 것은 사무실 측으로서는 손해라는 업무실장의 논리에 더 이상 인력요구는 불가능했기에 어쩔 수 없는 일이었다.

그동안 한서영과 김동하는 동사무소와 가까운 아파트 반대편 출구를 통해 동사무소에 김동하의 신분등록을 마쳤고 신분증발급을 요청하고 간이 신분증서를 발급받았다.

그것으로 여권까지 신청하려 했지만 정확한 신분증을 발급받아야 여권신청이 가능할 것이라는 대답을 듣고 신분증이 발급되기를 기다리던 참이었다.

또한 그 후 한서영 혼자서 아파트의 반대편 출구를 통해서 세명대학병원을 다녀왔고 김동하는 모처럼 갈증 나던 학업에 몰두할 수가 있었다.

아파트 정문 쪽에 며칠째 기다리고 있던 두 사람의 앞에 한서영과 김동하가 모습을 드러낸 것은 오늘 아침이었다.

동사무소로부터 김동하의 신분증이 발급되었으니 찾아가라는 연락을 받은 것이다.

며칠째 한서영과 김동하가 다시 나타나기를 기다리던 그들의 눈에 한서영과 김동하가 들어오자 그때부터 지금까지 두 사람의 뒤를 따라왔다.

한서영이 좀 전에 본 김용제의 카메라에는 아파트에서

나오는 한서영과 김동하의 모습이 찍혀 있었지만 한서영
은 이곳 메텔에서만 찍힌 것을 확인했을 뿐이었다.

한서영의 실수였지만 설마 아침부터 자신과 김동하의 뒤
를   아오지는 않았을 것이라는 생각이 들었기에 이곳에
서의 사진만 확인했을 뿐이었다.

김용제가 메텔의 매장에 전시된 상품의 진열상태를 찍은
사진만 보고 그 전의 사진은 확인하지 않았던 것이 한서영
의 실수라면 실수였다.

한서영이 다시 물었다.

"우리 얼굴을 왜 찍었는지 말할 생각이 없나요?"

한서영의 물음에 김용제의 눈이 질끈 감겼다.

그 모습을 본 한서영이 머리를 끄덕였다.

"좋아요."

한서영이 김동하를 보며 입을 열었다.

"카메라 사진을 확인했으니까 그 사람들 그냥 놓아줘."

한서영이 카메라를 확인한 것을 본 김동하가 자신이 잡
고 있는 서도일과 김용제의 손을 놓아주었다.

서도일은 김동하가 손을 놓자 휘청거리는 걸음으로 뒤로
물러섰다.

"끙~."

자신도 모르게 앓는 소리가 서도일의 입에서 흘러나왔
다.

그로서도 이해가 되지 않을 정도로 강한 김동하의 완력

이었다.

김용제 역시 휘청거리며 뒤로 물러섰다.

싸움이라면 나름 사무실에서도 실력자로 알려진 동생인 서도일이 아무런 반항조차 하지 못했다는 것이 그를 놀라게 만들었다.

한서영이 손에 들린 카메라의 옆쪽에 달린 메모리카드를 삽입하는 곳의 뚜껑을 열었다.

이내 한서영의 눈에 카메라의 CF 메모리카드가 들어왔다.

메모리카드 옆의 버튼을 누르자 메모리카드가 위로 튀어나왔다.

망설임 없이 카메라의 메모리카드를 뽑아낸 한서영이 카메라의 메모리카드 뚜껑을 닫고 카메라를 김용제에게 내밀었다.

"자! 받아요. 하지만 메모리카드는 돌려주지 않을 거예요. 영상을 삭제해도 메모리카드만 있다면 언제든 복원할 수 있다는 것은 그쪽도 알 테니 이건 그냥 제가 버릴 거예요. 그리고 앞으로는 이런 식으로 다른 사람의 얼굴을 몰래 찍는 일은 하지 않았으면 좋겠네요."

한서영은 백화점에서 김동하가 두 사내를 두들겨 패는 상황은 만들고 싶지 않아서 메모리카드만 뽑고 두 사내를 놓아줄 생각이었다.

행여 백화점에서 문제가 생길 경우 김동하에게 엉뚱한

불똥이 튈 수도 있기 때문이었다.

윤경민 부장검사에게 또다시 김동하의 일로 어려운 부탁을 하는 것은 한서영으로서도 부담스러운 일이었다.

서도일이 김동하에게 잡혔던 자신의 손목을 다른 손으로 문지르며 한서영을 바라보았다.

"그냥 사진을 삭제할 테니 메모리카드는 돌려주쇼."

서도일의 눈이 한서영의 손에 들려 있는 메모리카드를 바라보고 있었다.

한서영이 머리를 흔들었다.

"그럴 수 없어요. 메모리카드에 찍힌 영상은 카메라에서 삭제한다고 해서 완전히 삭제되는 것이 아니라는 것은 나도 아니까요."

실제로 DSLR 카메라의 CF메모리카드에 찍힌 영상은 카메라의 기능으로 삭제를 한다고 해도 완전하게 지워지는 것이 아니었다.

약간의 조작으로 언제든 복원이 가능했다.

한서영이 대학 재학시절 자신과 같은 의과의 동기가 몰래 사진을 찍은 일이 있었다.

그렇게 찍힌 한서영의 얼굴 사진이 세명대학 최고미인이라는 타이틀로 한때 세명대학교 남학생들 사이에 나돌았던 적이 있었던 것을 이미 경험해본 한서영이었다.

당시 한서영은 세명대 최고미인 의대예과 1년 재학생 청순미녀라는 이름이 붙었다.

그 때문에 한때 한서영의 실물을 보기 위해 한서영이 수업 중이었던 강의실에 타 대학의 학생들까지 찾아와 북적이던 황당한 소동까지 있었다.

나중에 그 사진을 찍은 동기에게 직접 카메라를 넘겨받아 카메라에 담긴 메모리카드의 사진을 지웠지만 그것이 소용없었다는 것을 나중에 알게 된 한서영이었다.

오히려 다른 사진도 공개되었고 결국 한서영이 메모리카드를 아예 불에 태워버린 적도 있었다.

한서영의 사진은 한동안 세명대학교의 남학생들이라면 당연하게 한두 장쯤은 보관하고 있었을 정도로 유명했다.

멀리 떨어진 곳에서 망원렌즈를 이용해 찍은 한서영의 청순한 모습과 약간은 방심한 듯한 모습 등 그야말로 한서영의 미모를 특징적으로 포착한 사진이었다.

알고 보니 한서영의 얼굴을 찍은 동기가 사진 찍는 것을 좋아하는 친구였고 그가 모델로 선택한 사람이 바로 한서영이었다.

불순한 의도가 있었던 것은 아니었고 나중에는 사과를 했기에 단순한 해프닝으로 끝났다.

그럼에도 한동안 세명대학교에서는 의대에 재학 중인 여학생이 머리만 좋은 것이 아니라 미모까지 뛰어나다고 해서 조물주가 불공평하게 한서영에게 모두 다 주었다는 불평 아닌 불평까지 들렸을 정도였다.

이미 과거에 그런 소동이 있었기에 한서영으로서는 절대

160

로 메모리카드를 넘겨줄 생각이 없었다.

김용제가 한서영이 넘겨주는 메모리카드가 빠진 카메라를 넘겨받으며 한서영을 바라보았다.

김용제가 나직하게 입을 열었다.

"나쁜 의도는 없었소, 아가씨. 그리고 그냥 아가씨가 너무 예쁘고 아름다워서 나도 모르게 사진을 찍게 되었는데… 이해해 주었으면 좋겠소."

김용제는 한서영이 메모리카드의 모든 사진을 확인해 보지 않았던 것이 다행이라고 생각했다.

한서영의 얼굴을 찍기 전에 미리 이곳 매장의 진열상품 사진을 여러 장 찍어 두었던 것이 앞에 찍은 한서영과 김동하의 사진을 확인하지 못하게 만든 행운을 안겨주었다고 생각했다. 그것만으로 다행이었다.

메모리카드는 다시 사면 되는 일이었고 한서영과 김동하의 얼굴은 이렇게 서툴게 접근해서 찍을 것이 아니라 아예 멀리 떨어진 곳에서 망원렌즈로 찍어서 다시 확보하면 되는 일이라고 생각했다.

김용제가 몸을 돌려 서도일을 바라보았다.

"그냥 가자 도일아."

"아니 용제 형, 메모리카드를……."

서도일이 고집스럽게 다시 메모리카드를 요구할 듯 몸을 돌렸지만 김용제가 떠밀듯 서도일의 등을 밀며 메텔 부스를 빠져 나갔다.

서도일의 등을 밀며 매장 입구 쪽으로 걸어 나가는 김용제가 힐끗 뒤를 돌아보았다. 메모리카드를 든 한서영과 한서영의 뒤에서 담담한 얼굴로 자신들을 바라보고 있는 김동하의 모습이 보였다. 머리를 돌린 김용제가 서도일의 귀쪽으로 입을 대며 말했다.

"주차장에 세워놓은 저 여자의 차를 찍은 사진까지 메모리카드에 찍혀 있었어. 다시 주차장으로 가서 저 여자의 차에 붙어 있는 아파트의 주차권을 다시 찍어야 해. 아파트 관리소에서 발급한 주차권에는 저 여자가 살고 있는 아파트의 동호수하고 저 여자의 전화번호까지 다 적혀 있어. 메모리카드가 없으니 일단 폰 사진으로라도 다시 찍어야 하니까 빨리 가자."

김용제의 빠른 속삭임에 서도일이 멈칫하다가 이내 머리를 돌려 한서영과 김동하를 바라보았다. 서도일의 얼굴에는 불만이 가득한 표정이 떠올라 있었고 김동하를 훑어보는 시선에는 불쾌함과 적의가 역력했다.

마치 김동하에게 도전하는 듯한 시선이었다.

한순간 김동하의 눈이 번득였다.

김용제가 서도일에게 속삭이듯 한 말이 모두 김동하의 귀에 선명하게 들려왔기 때문이었다.

다시 붙들어서 무슨 의도인지 따져보려 했지만 한서영이 먼저 입을 열었다.

"저 사람들과 자기가 행여 싸우게 될까봐 조마조마했는

데 잘된 거야. 여기서 소동이 일어나면 시끄러운 일이 생길 테니 이 정도에서 끝낸 거 정말 잘했어."

마치 김동하를 만류하는 듯한 한서영의 말이었다.

김동하가 좀 전에 김용제가 서도일에게 말한 것을 알려주려다 입을 꾹 다물었다.

한서영의 말대로 그것을 따지게 되면 분명 충돌이 일어나게 될 것임을 김동하도 느끼고 있었다.

저 사람들의 의도가 뭔지는 몰라도 행여 한서영을 건드리게 된다면 그때 매섭게 다루면 그만이라고 판단했다.

자신이 한서영의 옆에 있는 한 그 누구도 한서영을 건드리지 못하게 할 수 있을 것이라는 자신감도 충분했다.

이내 서도일과 김용제가 백화점의 아래쪽으로 내려가 버렸다. 두 사람이 사라지자 한쪽에 서 있던 메텔부스의 여직원인 김미애가 빠르게 다가왔다.

"괜찮으세요?"

한서영이 손에 들린 메모리카드를 보여주었다.

"네, 메모리카드를 뽑았으니 그것으로 됐어요."

"다행이에요. 그리고 도와주셔서 감사드립니다."

김미애가 정중하게 허리를 숙였다. 한서영이 웃었다.

"아니에요. 이 정도 해프닝으로 끝난 게 다행이에요."

김미애가 살짝 얼굴을 붉히며 입을 열었다.

"호호. 전 저 사람들이 왜 고객님을 찍었는지 알 것 같아요."

"네?"

한서영의 눈이 동그랗게 변했다. 김미애가 입을 열었다.

"여자인 제가 보아도 정말 아름다우신 분이신데요 뭐. 그리고 이분 남편 분은 진짜 피팅모델처럼 보이니까 사진을 찍고 싶었을 거예요. 할 수만 있다면 두 분을 저기 마네킹 대신 우리 부스에 세워놓고 싶네요. 호호."

김미애는 자신이 담당한 부스에서 아무런 불상사가 일어나지 않은 것에 마음이 홀가분했는지 환하게 웃고 있었다. 한서영이 생긋 웃었다.

"호호, 과찬이세요."

한서영은 메텔부스의 직원인 김미애가 김동하의 패션핏을 극찬하는 것이 마음에 들었다.

자신에 관해서는 어릴 때부터 들어왔던 말이니 별다른 감흥은 없었지만 자신의 배필이 될 김동하에 관해서는 색다른 느낌이었다. 한서영이 입을 열었다.

"아까 이 사람이 입었던 옷과 지금 입고 있는 이 옷까지 전부 구입할 거예요. 준비 좀 해주시겠어요?"

한서영은 지금까지 메텔에서 김동하가 걸쳤던 옷은 전부 구입할 생각이었다.

다행히 돈은 충분했다. 어릴 때부터 모아온 돈과 인턴으로 벌어들인 수입이 고스란히 통장에 들어 있었기에 돈이 모자라는 일은 없을 것이다. 돈을 쓰는 것은 묘하게 한서영이 동생인 한유진보다 서툴렀다. 기껏 쓰는 돈이라고 해

보았자 동생들에게 용돈이나 주는 것이 전부다.

자신이 입을 옷을 사는 것도 한서영이 사는 것이 아니라 둘째 동생인 한유진이 매번 골라서 사줄 정도였다.

탤런트나 영화배우도 놀랄 정도의 미모를 갖추었지만 패션 감각은 그야말로 꽝이라고 할 정도로 무감각한 여자가 바로 한서영이었다. 그 때문에 기껏 한서영이 사는 것은 피로한 몸을 풀기 위해서 간혹 사오는 캔맥주나 소소한 과자부스러기가 전부일 정도였다.

공부 외에는 다른 것에 관심이 없었기에 어릴 적부터 받아온 용돈과 의사자격을 따고난 이후 인턴수업을 시작하며 받은 부수는 모조리 통장 속에 잠들어 있었다.

그리고 아빠가 김동하가 대학을 마칠 때까지는 어느 정도 도움을 준다고 했으니 그것이 한서영에게는 이런 결정을 내릴 수 있는 동기가 되었다.

6벌의 옷을 모두 구입하는 가격은 400만원이 넘었지만 한서영은 무덤덤했다.

자신의 남자에게 옷을 사줄 수 있다는 것만으로도 한서영은 마음이 편해지는 느낌이었기 때문이다.

김동하가 놀란 얼굴로 한서영을 바라보았다.

"제가 입은 것을 모두 구입한다는 말씀이십니까?"

한서영이 머리를 끄덕였다.

"응. 그럴 거야."

김동하가 눈을 껌벅였다.

"굳이 그것을 다 사들일 필요가 있습니까? 저는 그렇게 많은 옷은 필요가 없습니다."

한서영이 웃었다.

"살면서 옷 한 벌로 세상을 사는 사람은 없어. 옷이 많은 것은 그다지 문제가 되지 않지만 옷이 없는 것은 분명히 문제가 될 거야. 그러니 그냥 입어. 미국에 가서도 꼭 필요할 테니까 말이야."

김동하는 한서영의 얼굴에 떠올라 있는 고집을 읽었다.

한번 고집을 부리면 좀처럼 꺾이지 않는 한서영이었기에 김동하가 낮게 한숨을 불어냈다. 김미애가 환한 표정을 지으며 한서영에게 머리를 숙였다.

"알겠습니다. 옷을 포장할게요."

김미애가 좀 전에 김동하가 입었던 옷을 포장하기 위해서 서둘러 매대로 돌아갔다.

한서영은 양복뿐만 아니라 김동하가 입을 와이셔츠와 넥타이를 비롯해 몇 벌의 옷을 더 구입했다.

김동하로서는 한서영을 말릴 수도 없었고 말린다고 듣지도 않을 것이었기에 아예 포기한 사람처럼 한서영의 뜻대로 움직였다.

결국 고집을 피운 대로 6벌의 양복과 그에 맞는 와이셔츠를 비롯한 김동하의 옷을 사들고 다시 아파트로 돌아온 한서영의 얼굴은 무척이나 밝았다.

집으로 돌아온 한서영은 김동하의 양복을 정리하려다 김

동하의 방에 옷장이 없다는 것을 느끼고 양복을 자신의 방에다 걸어놓았다.

　김동하의 양복을 정리하고 안방의 옷장에 걸어놓으며 한서영은 마치 자신이 진짜로 김동하의 아내가 된 듯한 느낌을 느꼈다.

　자신의 옷 옆에 나란히 김동하의 옷을 걸어놓는 한서영의 얼굴이 살짝 달아올라 있었다.

　아직 여동생인 한유진은 학교에서 돌아오지 않았고 매일 오후 작은누나인 한유진에게 수업을 듣는 막내 한강호도 학교에서 돌아오려면 두 시간은 더 지나야 했다.

　그랬기에 오랜만에 한서영과 김동하는 오붓한 오후를 여유롭게 보내고 있었다.

조선남자

朝鮮男子

-천능의 주인-

착각(錯覺)과 오해(誤解)

"안녕하세요, 선생님. 전화로 말씀드렸던 서종환씨의 아내인 윤수경입니다."

얼굴을 짙은 선글라스와 스카프로 가린 윤수경이 책상에 앉아 있는 유한석 교수를 바라보며 머리를 숙였다.

유한석 교수가 놀란 듯 자리에서 일어섰다.

"아! 예 어서 오십시오. 서원장에게서 연락을 받았습니다."

대학동기였던 서종환이 오랜만에 자신에게 연락해서 아내가 찾아갈 것이라고 말했던 것을 머리에 떠올린 유한석이었다.

강남의 대치동에서 개인병원을 개설한 서종환은 같은 동기들 사이에서도 개인병원으로 상당히 성공한 친구로 소문이 나 있었다.

일설에는 그의 재산이 수천억 원에 이른다고 들렸지만 그것을 확인하려 한 동기는 없었다.

다만 개인병원으로 엄청난 부를 축적했다는 것만큼은 틀림없을 것이라고 인정하고 있었다.

서종환의 개인병원을 광고하는 광고전단과 포스트 그리고 서종환의 병원광고방송이 대치동방향의 버스에 타면 들리는 것으로 그것은 충분히 증명이 되었다.

그런 그가 자신에게 아내가 찾아갈 것이니 부탁한다는 연락을 해와 기다리고 있었던 중이었다.

세명대학병원 성형외과 담당과장인 유한석으로서는 오랜만에 친구 서종환의 연락에 당황했지만 서종환이 아내를 보낼 정도라면 상당한 이유가 있을 것이라고 생각하고 서종환의 아내 윤수경을 기다리고 있던 참이었다.

유한석 교수가 소파를 가리키며 입을 열었다.

"이쪽으로 앉으시지요."

윤수경이 살짝 머리를 숙였다.

"감사합니다."

머리칼과 얼굴 전부를 덮은 스카프와 검은색의 선글라스로 눈까지 완전히 가린 윤수경의 모습은 유한석의 눈에 조금은 특이하게 보였다.

172

간혹 성형수술을 한 연예인들이 윤수경과 같은 모습으로 외출을 하는 경우가 있다.

그렇지만 윤수경이 연예인이 아니라는 것은 서종환의 친구들이라면 누구나 알고 있는 사실이었다.

윤수경이 조심스럽게 유한석 교수가 배려해준 소파에 앉았다.

유한석이 윤수경의 맞은편에 앉으면서 약간 미소를 머금은 얼굴로 입을 열었다.

"서원장은 잘 있죠? 그 친구에게서 오랜만에 연락이 와서 저도 좀 놀랐습니다. 하하, 강남에서는 서원장의 병원이 잘나간다고 친구들 사이에서 소문이 자자합니다."

유한석이 겉치레로 윤수경에게 남편의 유명세를 추켜올렸다.

윤수경이 살짝 머리를 숙였다.

"네… 뭐……."

남편의 병원이 유명세를 타건 병원에 사람이 몰려들건 윤수경에게는 관심사가 아니었다.

이미 남편과는 형식적인 부부 사이로 지내고 있는 중이었다.

자신이 남편 서종환의 개인사를 상관하지 않듯 남편 역시 자신이 무엇을 하건 관심도 두지 않는 상태가 지금의 상황이었다.

유한석이 윤수경의 얼굴을 보며 물었다.

"얼굴을 왜 그렇게 가리고 계시는지요? 혹시 서원장에게 시술이라도 받은 것입니까?"

친구 서종환이 나름 성형시술에 관해서는 좋은 실력을 가진 의사라는 것은 유한석도 알고 있었다.

그에 강남에 자신의 개인병원을 개설했고 그 결과 엄청난 돈을 벌었다는 것은 친구들 사이에서도 유명했다.

때문에 윤수경이 이렇게 얼굴을 가리고 있는 건 남편 서종환에게 얼굴성형시술을 받은 것이라는 착각을 했다.

윤수경이 머뭇거렸다.

"그, 그게⋯⋯."

유한석 교수가 윤수경의 얼굴을 빤히 보며 입을 열었다.

"서원장이 전화를 걸어와 재수씨가 저를 찾아갈 것이니 만나보라고 하더군요. 뭐 서원장이 남편이시니 성형시술 때문에 저를 보려고 하시진 않으실 것 같고 무슨 일인지 물어도 될까요?"

서종환은 유한석에게 윤수경이 무슨 일로 찾아갈 것인지 말해주지 않았다.

유한석으로서는 서종환이 자신을 서종환의 병원으로 초빙하려는 의도를 가진 것이 아닌지 조심스럽게 짐작했다.

서종환 본인의 입으로 하기 힘들어서 아내를 보낸 것이라고 짐작한 것이다.

윤수경이 잠시 검은 선글라스 뒤에서 유한석 교수를 바라보았다.

174

좀처럼 입이 떨어지지 않는 윤수경이었다.

윤수경이 조심스럽게 입을 열었다.

"저… 한 가지 교수님께 여쭤보고 싶은 것이 있어서 남편에게 교수님을 만날 수 있게 해 달라고 부탁한 거예요."

유한석 교수의 눈이 껌벅였다.

"저에게 물어볼 것이 있다고요?"

끄덕—

윤수경이 머리를 숙였다.

"네."

유한석 교수가 잠시 얼떨떨한 시선으로 윤수경을 바라보다가 물었다.

"그래 물어보고 싶은 것이 뭔지 말씀해 주시겠습니까?"

윤수경이 유한석의 얼굴을 빤히 보며 입을 열었다.

"근래에 이곳 세영대학병원의 성형외과에서 누군가 얼굴의 시술을 한 적이 있나요?"

유한석의 미간이 좁혀졌다.

"그것을 물어보시는 이유가 뭔지는 모르지만 이곳에서는 하루에 보통 10건 정도의 시술이 진행되고 있습니다. 시술을 원하는 환자가 많을 때는 그 배가 될 수도 있고요."

말을 마친 유한석 교수가 멍한 표정으로 윤수경을 바라보았다.

방안에서도 스카프를 벗지 않고 눈을 가린 선글라스를 벗지도 않은 윤수경이 엉뚱한 것을 물어온다는 생각이 들었다.

윤수경이 잠시 눈을 감았다가 떴다.

"우연하게 택시에서 세영대학병원의 성형외과에서 수술을 받은 환자에 대해서 이야기를 들었어요. 저도 교수님에게 같은 수술을 받고 싶어서 남편에게 친구 분이신 교수님을 만나게 해 달라고 부탁한 거예요."

"예?"

유한석 교수의 얼굴이 굳어졌다.

미용을 위한 성형이라면 오히려 그쪽 분야에서 나름 유명세를 타고 있는 서종환이 자신보다 실력이 나을 수도 있다.

그런데 남편이 아닌 자신에게 수술을 받겠다는 윤수경이 이해가 되지 않았다.

윤수경이 유한석을 향해 얼굴을 들어올렸다.

"제가 왜 아직도 스카프를 벗지 않고 얼굴을 가린 이 검은 안경을 벗지 않는 것인지 짐작 가지 않으세요?"

"그, 그게……."

"교수님께 보여드릴게요."

윤수경이 자신의 눈을 가린 선글라스를 벗고 스카프를 풀어내기 시작했다.

스카프가 풀어지며 윤수경의 얼굴이 드러나기 시작하자 유한석 교수의 얼굴이 하얗게 질려가기 시작했다.

"재, 재수씨."

윤수경의 얼굴은 양재동을 찾아가 장수란을 만났을 때보다 조금 더 변해 있었다.

유한석의 눈이 찢어질 듯 부릅떠졌다.

"어, 어떻게……."

윤수경의 얼굴은 이제 그 누가 보아도 80살이 넘은 노파의 모습처럼 변해 있었다.

탄력이 없이 늘어진 볼살과 얼굴 가득 덮인 자글자글한 주름살을 비롯해 눈빛마저 전형적인 노인들처럼 총기를 잃고 탁해진 눈빛으로 변해 있었다.

윤수경이 주름으로 가득한 자신의 얼굴을 유한석에게 드러냈다.

윤수경이 입술을 살짝 비틀었다.

"제 모습이 어떤가요?"

유한석 교수의 머릿속이 하얗게 비워졌다.

"이게 어떻게 된 일입니까? 재수씨의 얼굴이……."

유한석 교수가 기억하고 있는 친구 서종환의 부인 윤수경은 50이 넘은 나이였지만 겉모습은 50살이 채 되지 않는 젊은 나이처럼 팽팽한 탄력을 유지하고 있었다.

더구나 남편 서종환이 성형외과 전문의였기에 아내의 얼굴이 이렇게 되도록 방치하지는 않았을 것이 분명했다.

윤수경이 씁쓸한 얼굴로 웃었다.

"거울을 볼 때마다 거울 속에서 지옥이 보였어요. 시간이 흐를수록 죽어가고 있는 것을 너무나 생생하게 절감할 수가 있었지요."

유한석 교수가 굳은 얼굴로 물었다.

"어쩌다 이렇게 된 겁니까?"

윤수경이 잠시 유한석을 바라보다가 입을 열었다.

"이렇게 된 것도 어쩌면 이곳 세영대학병원과 관련이 있는 것 같아요."

"뭐라고요?"

"혹시 이곳 세영대학병원에 아주 아름답고 젊은 여자의사가 근무하고 있다는데, 그 여자의사를 아세요? 내과병동에서 근무하고 닥터한이라고 불리는 여자더군요. 알아보니 한서영이라는 젊은 인턴이었어요."

"네?"

유한석의 입이 벌어졌다.

세영대학병원에서 전공을 불문하고 내과인턴 한서영을 모르는 의사들은 없을 것이었다.

언젠가 세영대학병원을 대외적으로 소개하는 병원소개 팸플릿의 모델로 낙점될 것이라고 소문이 날 정도로 그 아름다운 미모는 의사들 사이에서도 유명했다.

"한서영? 내과 인턴 한서영을 말씀하시는 겁니까?"

윤수경이 머리를 끄덕였다.

"내과의 인턴 닥터한이 또 있다면 모르지만 알아보니 내과인턴 중에 한씨라는 성을 사용하는 사람은 오직 그 여의사뿐이더군요."

유한석 교수가 굳은 얼굴로 물었다.

"한서영이 재수씨의 얼굴을 이렇게 만들었다고요?"

윤수경이 눈을 치켜떴다.

탁해진 눈빛이었지만 눈에 힘을 주자 눈매가 매서워졌다.

마치 늙은 승냥이가 사냥감을 앞에 둔 듯한 눈빛처럼 표독한 느낌이 들었다.

윤수경이 입을 열었다.

"그 한서영이라는 인턴이 직접 나를 이런 모습으로 변하게 만든 것은 아니에요."

"그럼?"

윤수경이 잠시 뜸을 들이다가 입을 열었다.

"교수님이 기억하실지 모르지만 얼마 전에 이곳 세영대학병원의 장례식장에서 있었던 소동을 기억하세요?"

"장례식장의 소동이요?"

유한석 교수가 눈을 껌벅였다.

장례식장은 자신의 담당이 아니고 때문에 자신과 직접적인 상관이 없는 한 그쪽은 기웃거릴 일이 없었다.

유한석 교수가 머리를 쥐어짜서 기억을 떠 올렸다.

그 모습을 본 윤수경이 입을 열었다.

"내가 듣기로는 학교폭력으로 어떤 여학생이 자살을 했다가 장례식장에서 다시 살아났다는 황당한 이야기가 있었던 소동이에요."

"아!"

그제야 유한석 교수의 입이 벌어졌다.

그 일을 모를 세영대학병원의 의사는 없을 것이다.

죽었다고 사망판정까지 내려 영안실에 안치한 여고생이 어떻게 된 영문인지 영안실에서 살아나와 자신의 장례를 치르고 있는 부모를 만난 사건이었다.

그 일은 한동안 세영대학병원의 의사들을 얼떨떨하게 만들었다.

자신이 살던 아파트에서 투신하여 두개골이 깨어지고 팔다리의 관절이 모두 부러진 너무나 참담한 모습으로 사망선고를 내렸다.

그랬던 여학생이 멀쩡하게 영안실에서 걸어 나와서 텔레비전의 뉴스에서도 황당한 사건이라고 보도가 되었을 정도였다.

그 때문에 당시 여학생의 사망을 판정한 응급실 담당의가 보직에서 물러나 대기발령까지 받았던 황당한 일이 벌어졌다.

또한 장례식장에서 벌어진 황당한 일로 인해 내과인턴 한서영이 근신처분을 받아 한동안 병원에 출근하지도 못한 일이 있었다.

유한석이 멍한 얼굴로 윤수경을 바라보았다.

"그게 지금의 재수씨와 어떤 상관이 있다는 말씀이십니까?"

윤수경이 대답했다.

"당시 그 여학생의 장례식장에서 소란을 피운 사람이 있어요. 자살소동을 일으킨 그 여학생을 괴롭혔다고 알려진 학생의 어머니가 일으킨 소란이죠."

유한석이 머리를 끄덕였다.

"그랬지요. 저는 당시의 상황을 보지 못했지만 소문은 들어서 알고 있었습니다. 그날 그 일 때문에 내과의 인턴 한서영이 근신 처분을 받기도 했지요. 뭐 듣기로는 한서영이 의사답지 않게 흥분해서 내과 과장이 그런 결정을 내렸다고 들었습니다."

윤수경이 머리를 끄덕였다.

"맞아요. 그때도 내과인턴 한서영이었어요."

"뭐라고요?"

"당시 장례식장에서 한서영과 말다툼을 하고 한서영과 접촉했던 사람이 누군지 아세요?"

"글쎄요. 저는 대충 소문만 들었을 뿐이라서."

유한석 교수가 병원의 장례식장에서 있었던 일을 미주알고주알 캐물을 일은 없었다.

단지 간호사나 후배닥터들이 주워들어온 이야기를 대충 호기심에 엿들었을 뿐이었다.

윤수경이 다시 입을 열었다.

"혹시 영진그룹을 아세요? 영진장학회나 세민당의 유정호 의원은요?"

그녀의 말에 유한석이 눈을 껌벅였다.

대한민국에서 영진그룹을 모르는 사람은 없을 것이고 웬만큼 정치에 관심을 둔 사람은 세민당의 유정호 의원의 이름쯤은 알 것이다.

더구나 유정호 의원은 유한석 교수와 같은 성씨라 너무나 잘 기억했다.

윤수경이 말을 이었다.

"당시 장례식장에서 한서영이라는 내과인턴과 충돌했던 여자는 세민당의 유정호 의원의 부인이자 영진장학회의 재단이사장 장수란 여사였어요."

"……."

윤수경이 지난번에 보았던 장수란의 모습을 떠올리며 씁쓸한 표정을 지었다.

"그 장수란 여사가 지금 나와 같은 증상을 겪고 있는 중이에요. 그 한서영이라는 내과인턴과 마찰이 생긴 이후 말이에요."

"재, 재수씨!"

유한석의 얼굴이 하얗게 질려갔다.

윤수경의 말이 계속 이어졌다.

"장수란 여사가 그렇게 되고 얼마 후 나도 역시 한서영이라는 이곳 세영대학병원의 내과인턴과 사소한 일로 마찰이 생겼어요. 그 후 나도 장수란 여사처럼 변해가고 있는 거예요."

유한석 교수는 순간 머리를 망치로 얻어맞은 것 같은 충격을 느꼈다.

"그, 그게 말이나 되는 일입니까?"

윤수경이 혼탁한 시선으로 유한석을 바라보았다.

"장수란 여사와 저, 우리 두 사람이 모두 이런 모습으로 변한 것에는 이곳 세영대학병원에서 근무하는 내과인턴 한서영이라는 여자가 관련이 있어요. 우연이라고 무시할 수는 없다는 말이에요."

유한석 교수가 굳은 얼굴로 물었다.

"그럼 내과인턴 한서영이 재수씨나 유정호 의원의 부인에게 무언가 이상한 행동을 했습니까? 내 말은 이해되지 않는 의료적인 행동을 말하는 것입니다."

윤수경이 머리를 흔들었다.

"아니에요. 나랑 직접 몸이 닿은 적도 없어요. 장수란 여사도 마찬가지고 말이에요."

"그럼 그게 한서영의 짓이라는 증거도 없지 않습니까?"

윤수경이 씁쓸하게 웃었다.

"맞아요. 장여사나 저나 한서영이라는 내과인턴을 만났을 때의 상황이 그다지 좋지 않았던 상황이어서 약간 거친 대화가 오갔을 뿐이에요."

유한석이 미간을 좁히며 물었다.

"그것으로 재수씨와 그 장여사라는 분을 이렇게 만든다는 것은 불가능한 일입니다. 직접 접촉한 것도 아닌데 어떻게 그런 일을 할 수가 있겠습니까? 인간의 피부는 물리적으로 노화를 촉진시키는 것에는 한계가 있습니다. 더구나 아무런 의료적 행위도 없이 그냥 대화만으로 이렇게 만들 수 있다면 그건 사람이 아닌 신만이 할 수 있는 일일 겁니다."

윤수경이 유한석 교수의 눈을 바라보았다.

"장여사와 내가 그 내과인턴 한수경이란 여자와 연관된 공통점이 딱 한 가지 있었어요."

"그게 뭡니까?"

"그 한수경이라는 여자의 옆에 서 있던 남자가 있었어요. 나와 장여사가 공통적으로 한 번이라도 몸이 접촉된 사람은 오직 그 남자뿐이었죠."

"뭐라고요?"

유한석 교수의 눈이 커졌다.

윤수경이 머리를 흔들었다.

"그저 그 남자에게 손목을 한번 잡힌 게 전부였어요. 저도 그렇고 장여사도 같았다고 하더군요."

유한석이 이마를 찌푸리며 입을 열었다.

"혹시 그 남자가 재수씨나 장여사라는 분이 내과인턴 한서영을 상대로 강압적 폭력행위를 하려던 것을 막으려 했던 건가요?"

윤수경의 얼굴이 살짝 붉어졌다.

"당시의 상황이 그랬어요. 저의 자식문제로 화가 나서

나도 모르게 손을 대려 한 거였는데."

유한석 교수가 다시 물었다.

"그럼 그날 장례식장에서도 그 장여사라는 분이 한서영을 때리려다 막힌 것이군요? 그 남자에게 말입니다."

"네."

윤수경이 솔직하게 인정했다.

이야기를 전부 들은 유한석이 머리를 갸웃했다.

"두 분의 공통점이 한서영을 상대로 강압적인 폭력행위를 하려다 한서영의 옆에 있던 그 남자에게 손을 잡혔다는 것 외에는 다른 행동은 없었습니까?"

윤수경이 머리를 끄덕였다.

"그게 전부였어요. 단지 막기만 한 것이 전부였어요."

윤수경이 유한석 교수를 바라보며 입을 열었다.

"그런데 한 가지 이상했던 것은 그 남자에게 손이 잡히는 순간 몸에서 힘이 빠지는 느낌이 들었어요. 장여사도 같은 경험을 했다고 하더군요.

"그저 손이 잡혔을 뿐이었는데 몸에서 힘이 빠진 느낌이 들었다고요?"

"네."

대답을 한 윤수경의 입술이 꼭 다물어졌다.

유한석 교수는 머리가 어지러웠다.

이 세상에 손을 잡는 것만으로 사람을 이처럼 늙게 만드는 재주가 있다는 것은 들어본 적도 없었다.

유한석이 윤수경을 보며 물었다.

"그럼 서원장을 통해서 저를 찾아오신 이유가 내과인턴 한서영과 그 남자를 만나기 위해서입니까?"

윤수경이 머리를 흔들었다.

"아니에요. 그런 것은 굳이 교수님을 통하지 않아도 충분히 할 수 있는 일이에요."

"그럼?"

윤수경이 입을 열었다.

"저를 수술해 주세요."

"뭐라고요?"

유한석이 황당하다는 듯이 눈을 동그랗게 떴다.

윤수경이 입을 열었다.

"세영대학병원의 성형외과에서 수술한 환자에 대해서 들었어요. 50대의 부인을 20대의 아가씨처럼 보이게 만들 정도로 너무나 놀라운 시술능력을 가지고 있다고 말이에요."

윤수경의 말에 유한석 교수가 할 말을 잊었다.

"재수씨."

"돈은 얼마든지 드릴게요. 제 얼굴만 원래대로 돌려주신다면 100억 원이라도 드리겠어요."

윤수경의 눈빛이 다시 매서워졌다.

유한석 교수가 입을 벌렸다.

그의 눈이 초점을 잃은 듯 흔들리고 있었다.

100억이라는 돈이 문제가 아니었다.

지금의 윤수경은 보톡스로 전신을 도배한다고 해도 결코 예전의 팽팽한 모습으로 돌아가지는 못할 것이다.

더구나 50대의 여인을 20대의 아가씨처럼 만든다는 성형수술은 들어본 적도 없고 상상조차 해본 적이 없었다.

사람의 신체는 시간이 흐르면 점차적으로 몸의 세포조직이 자연스럽게 노화되는 것이 이치였다.

성형수술이란 사고로 인해 얼굴이나 몸에 흉측한 흔적이 남는 것을 인위적으로 감추는 것이 원래의 의미였다.

근래에 와서는 몸의 골격이나 근육의 형태를 변화시켜 타고난 체형을 어느 정도 변화시키는 것은 가능했지만 세월이 남겨놓은 노화를 되돌리는 것은 불가능했다.

유한석 교수가 한숨을 흘리며 입을 열었다.

"어디서 그런 황당한 말을 들으셨는지 모르지만 그런 수술은 할 수도 없고 할 방법도 없습니다. 50대의 여인이 한순간 20대의 젊은 아가씨로 변한다는 것은 환상입니다. 나도 그런 방법이 있다면 반드시 알고 싶고 말입니다."

윤수경의 얼굴이 굳어졌다.

"하, 할 수 없단 말인가요?"

유한석이 머리를 끄덕였다.

"이 세상에서 그 누구도 그런 시술은 할 수가 없을 겁니다."

유한석의 단호한 말에 윤수경이 굳어진 얼굴로 눈을 껌

벅였다.

윤수경은 장수란을 찾아갈 때 택시에서 들었던 택시기사
의 말을 머리에 다시 떠올렸다.

윤수경이 입을 열었다.

"나에게 그 말을 전해준 사람의 말로는 그 여자는 사위에
게 시술을 받았다고 했어요. 사위도 의사고 딸도 의사라는
말도 했어요. 여기에 젊은 부부가 같이 근무하는 사람이
있나요?"

유한석 교수가 눈을 껌벅였다.

"부부가 같이 근무하는 사람이라고요?"

"네."

유한석 교수가 웃었다.

"제가 맡고 있는 성형외과에는 부부가 같이 근무하는 사
람은 없습니다. 특히 재수씨가 말씀하시는 그 정도의 시술
이라면 상당한 경력과 실력이 뒷받침되어야 하는데 젊은
의사부부가 그 정도의 실력을 가지고 있다면 당연히 제가
모를 리가 없을 것입니다."

윤수경이 손으로 이마를 짚었다.

자신이 택시에서 들었던 모든 말이 모두 잘못되었다는
말에 머리가 지끈 아파오고 있었다.

그러던 한순간 윤수경의 머릿속에 자신과 택시기사가 나
눈 대화가 떠올랐다.

'딸이 세영대학병원의 의사라고 했어요?'

'예! 확실하게 세영대학병원이라고 하셨지요. 차에 탄 아주머니들 중 한분의 아들이 송파구 방이동에 있는 서륭그룹에서 높은 자리에 근무한다는데, 그 젊은 여자 분의 의사 딸을 아주머니의 아들과 결혼을 시킬 욕심을 품고 있었다고 하더라고요. 근데 이미 젊은 여자 분이 사위를 보았다고 해서 실망하더라고요. 허허.

'성형수술을 했다는 그 여자의 얼굴이 달라진 것이 아니라 젊은 시절의 얼굴로 돌아왔다는 말인가요?'

'예! 제 택시에 탄 아주머니들이 전부 그랬습니다. 젊었을 때 은숙이의 얼굴 그대로라고요. 참! 그 젊은 여자 분의 이름이 은숙이라는 것도 택시에 탄 아주머니들이 여의도 한성방송국에 도착할 때까지 수다를 떨어준 덕에 알게 되었지요. 허허.'

윤수경의 얼굴이 굳어졌다.

윤수경이 유한석 교수를 바라보며 물었다.

"성형외과에 젊은 여자의사가 있나요?"

유한석 교수가 머리를 흔들었다.

"없습니다. 레지턴트들도 모두 30살이 넘었고 특히 인턴이나 레지 중에서 여자는 없습니다."

유한석의 말을 들은 윤수경이 무언가를 생각하는 듯 눈을 깜박였다.

윤수경이 유한석을 바라보며 입을 열었다.

"한 가지만 더 부탁해도 될까요?"

윤수경의 말에 유한석 교수가 윤수경을 바라보았다.

"말씀해 보십시오."

"혹시… 내과인턴 한서영의 인적사항을 좀 알 수가 있을까요?"

"예?"

유한석 교수가 눈을 크게 떴다.

자신과 직접적 상관도 없는 한서영의 인적사항을 물어오는 윤수경의 생각을 이해할 수가 없다는 표정이었다.

윤수경이 다시 입을 열었다.

"전체적인 인적사항이 아니라 한서영이라는 인턴의 어머니 이름만 알아도 됩니다. 수술은 부탁드리지 않을 것이니 그것만이라도 가르쳐 주세요."

윤수경의 간절한 표정을 본 유한석이 잠시 망설였다.

한서영의 전화번호나 집주소를 묻는 것이 아니라 단지 한서영의 엄마 이름만 알면 된다는 말에 유한석의 마음속에 살짝 갈등이 떠올랐다.

유한석 교수가 물었다.

"인턴 한서영의 모친 이름만 알아내면 되는 것입니까?"

"네."

"알겠습니다."

기껏 자신을 찾아와 수술을 부탁했던 윤수경을 아무런

소득도 없이 빈손으로 돌려보내는 것은 유한석으로서도 미안한 일이었다.

그리고 한서영의 개인정보 정부를 알려주는 것이 아니라 한서영의 어머니 이름만 알려주는 것이었기에 부담감도 조금 덜한 느낌이었다.

유한석이 자신의 책상으로 다가가서 병원 내 구내전화를 들었다.

딸칵—

—네! 교수님.

유한석 교수가 힐끗 윤수경을 바라보다가 입을 열었다.

"내과 김철민 교수 연결해줘."

—알겠습니다.

이내 유한석 교수의 귀에 신호음이 들렸다.

뚜우— 뚜우—

길게 신호음이 울리고 이내 누군가 전화를 받았다.

딸칵.

—김철민입니다.

전화를 받은 사람은 김철민 교수였다.

유한석 교수가 빠르게 입을 열었다.

"아! 김교수, 나 유한석입니다."

—아! 예, 유교수께서 어쩐 일로 저에게 전화를 다 주십니까? 혹시 코 때문에 또 제 딸년이 유교수를 찾아간 겁니까?

김철민 교수는 자신의 딸 김소담이 결혼 전 쌍꺼풀수술과 양악수술을 한 이후 다시 코를 높이는 수술을 하겠다고 졸랐던 것을 기억하고 말했다.

유한석이 이를 드러내며 웃었다.

"소담양은 코를 건드리지 않는 게 좋습니다. 그게 더 자연스러우니까요. 소담양이 만약 찾아오면 그렇게 말해서 설득시키겠습니다."

—아이고 감사합니다, 유교수님! 그렇게 해주시면 제가 나중에 술 한잔 톡톡히 사드리지요.

"하하 그런가요? 기대하겠습니다."

—근데 제 딸년이 찾아간 것도 아닌데 이렇게 저에게 전화를 주시는 이유가 뭔지요.

유한석 교수가 잠시 어금니를 깨물었다가 입을 열었다.

"김교수님께 잠시 곤란한 부탁 하나 하려고 합니다."

—허허 제가 곤란한 부탁이라니요? 뭐 유교수님이 아시는 분께서 내과병동에 급하게 입원할 일이 있습니까?

세영대학병원은 내외과를 비롯해 암병동까지 입원환자 대기수가 제법 많아서 항상 대기자 명단에서 며칠을 기다려야 입원이 가능했다.

어쩔 때는 최장 2주까지 기다려야 입원병실이 지정되는 경우도 있었다.

그럴 때면 같은 병원의 닥터들끼리 서로 편의를 봐주는 것이 보이지 않는 관례처럼 암묵적으로 이어지고 있었다.

이번에도 그런 부탁이라고 생각한 김철민 교수였다.

유한석 교수가 대답했다.

"그게 아니라 뭘 좀 물어보려고요.

—물어보다니요?

유한석 교수가 빠르게 입을 열었다.

"내과 인턴 한서영에 대해서입니다."

—한서영이라고 하셨습니까?

"예! 한서영의 모친 성함을 알고 싶습니다. 김교수님께서 한서영이 제출한 인턴지원 자료를 가지고 계시지 않습니까?"

—한서영이의 모친 이름을 아셔야 할 이유가 있습니까?

"그게… 말씀드리기 좀 곤란한데 그냥 이름만 가르쳐 주시면 고맙겠습니다."

유한석 교수로서는 친구의 아내인 윤수경의 부탁으로 한서영의 모친 이름을 알고 싶다고 할 수는 없었다.

김철민 교수가 입을 열었다.

—주소나 전화번호 이런 게 아니라 단지 이름만 알면 됩니까?

유한석이 대답했다.

"현재로서는 그렇습니다."

—알겠습니다. 다른 분의 부탁도 아니고 유교수님께서 부탁하시는 것이니 들어드려야죠. 어려운 것도 아니고 말입니다.

"하하 감사합니다."

이내 무언가 부스럭거리는 소리가 들렸다.

윤수경은 유한석의 얼굴을 긴장한 표정으로 바라보고 있었다.

잠시 후 전화기 너머에서 김철민 교수의 목소리가 다시 들렸다.

—한서영의 모친 이름은 이은숙입니다. 부친은 한종섭이고요. 한서영의 부모님이 살고 있는 곳은 강남구 신사동 스카이캐슬이라는 아파트로군요. 이 정도면 되겠습니까?

유한석 교수가 대답했다.

"네! 그 정도면 충분할 것 같습니다."

—도움이 되었다니 다행입니다. 그럼.

"고맙습니다. 김교수님."

—하하 천만에요.

딸칵—

전화가 끊어졌다.

전화를 끊은 유한석 교수가 전화기를 내려놓고 머리를 돌려 윤수경을 바라보았다.

윤수경이 긴장한 얼굴로 유한석을 바라보고 있었다.

유한석 교수가 입을 열었다.

"인턴 한서영의 모친 이름은 이은숙이라고 하더군요. 부친은……."

유한석 교수가 채 말을 끝내기도 전에 윤수경이 자리에

서 벌떡 일어섰다.

딸그락—

윤수경이 벗어놓은 검은색 선글라스가 윤수경이 자리에서 일어나는 탓에 아래로 떨어졌다.

가벼운 안경이어서 깨어지지는 않았지만 렌즈가 바닥 쪽으로 향하고 있었기에 렌즈 표면에 흠집이 생길 정도로 살짝 충격을 받았을 것이다.

하지만 윤수경은 전혀 상관하지 않는 얼굴이었다.

그녀의 얼굴은 돌처럼 딱딱하게 굳어 있었다.

"바, 방금 이은숙이라고 했어요?"

유힌석 교수가 이마를 찌푸렸다.

"예! 재수씨께서 아시는 이름입니까?"

윤수경의 손이 가늘게 떨렸다.

그녀의 기억 속에 자신과 대화를 나누던 택시기사의 말이 선명하게 살아났다.

'예! 제 택시에 탄 아주머니들이 전부 그랬습니다. 젊었을 때 은숙이의 얼굴 그대로라고요. 참! 그 젊은 여자 분의 이름이 은숙이라는 것도 택시에 탄 아주머니들이 여의도 한성방송국에 도착할 때까지 수다를 떨어준 덕에 알게 되었지요. 허허.'

순간 윤수경의 머릿속에 한 남자의 얼굴이 떠올랐다.

한서영과 참으로 잘 어울리는 모습의 준수한 젊은 남자의 얼굴, 바로 김동하의 얼굴이었다.

"그 남자가……."

한서영의 옆에 서서 자신이 한서영을 때리려 할 때 막은 사람이 바로 김동하였다.

윤수경은 그제야 자신과 장수란을 이렇게 만든 사람이 김동하라는 확신을 가졌다.

어떤 수를 쓴 것인지 알지는 못하지만 자신과 장수란에게서 젊음을 가져가고 지옥 같은 나락으로 빠트린 사람이 바로 그 젊은 남자 김동하라는 것에 자신도 모르게 등에 소름이 돋는 기분이었다.

어느 정도 관련이 있을 것이라고 생각했지만 이런 식으로 그의 존재를 알게 될 것이라곤 꿈에도 생각하지 못했던 윤수경이었다.

윤수경의 얼굴이 굳어진 것을 본 유한석 교수가 물었다.

"왜 그러십니까?"

"아! 아니에요."

윤수경이 머리를 흔들었다.

잠시 머리를 흔들던 윤수경이 유한석을 보며 물었다.

"혹시 한서영의 남편이 이 병원에서 근무하나요?"

윤수경의 물음에 유한석이 어이없어 하는 웃음을 머금었다.

"재수씨께서 무언가 착각을 하고 계시는 것이 아닙니

196

까? 우리 세영대학병원에서 근무하는 사람들치고 한서영이 결혼도 하지 않은 미혼이라는 것을 모르는 사람이 없습니다."

"그, 그런가요?"

유한석 교수가 마치 단정을 하듯 입을 열었다.

"한서영은 대학시절부터 남자에 대해서는 그 흔한 스캔들이라는 것도 한번 겪었던 적도 없었던 아가씨였지요. 워낙 예쁘고 영리했던 탓에 몇 놈이 한서영에게 덤벼들어 보았지만 눈길 한번 주지 않았던 애가 바로 한서영입니다."

"그렇군요."

윤수경이 천천히 머리를 끄덕였다.

윤수경이 유한석을 보며 물었다.

"현재 이곳에 한서영이 근무 중인가요?"

유한석이 머리를 갸웃했다.

"글쎄요. 내과과장이 그때 장례식장에서의 소동으로 근신징계를 내렸는데 철회가 되었는지는 모르겠습니다. 징계가 끝났다면 아마 내과에서 인턴수업 중일 겁니다."

윤수경이 입술을 살짝 깨물었다.

"알겠습니다."

한서영의 모친 이름이 이은숙이라는 것을 알아낸 윤수경은 세영대학병원의 성형외과에서 수술을 받지 못한다는 것을 알게 되자 더 이상 이곳에 머물 필요가 없다고 생각했다.

자신을 이렇게 만든 사람이 김동하라는 것을 알게 된 이상 김동하를 바로 만나면 되는 일이었다.

자신을 이렇게 만들었다면 다시 원래대로 돌리는 것도 어렵지 않을 것이라고 생각한 윤수경이었다.

윤수경이 바닥에 떨어진 자신의 선글라스를 집어 들었다.

이내 다시 스카프를 두르고 눈에는 선글라스를 올려 썼다.

"고마웠어요, 교수님! 이만 돌아갈게요."

유한석이 미안한 표정을 지었다.

"미안하게 되었습니다. 도움이 되지 못해서 죄송하군요."

"아니에요."

"차라리 종환이에게 시술을 한번 받아보시는 것이 어떨까요? 본래대로 돌아가는 것은 힘들어도 어느 정도 효과는 있을 겁니다."

윤수경이 머리를 흔들었다.

"아니에요. 이젠 그럴 필요 없어요."

윤수경은 김동하를 만나 자신의 몸을 예전으로 돌려놓으라고 요구할 생각이었다.

사람을 사서 협박을 하든 아니면 한서영을 조건으로 거래를 할 생각도 있었다.

그것도 안 된다면 한서영의 부모를 붙잡아놓고 김동하를

협박하는 방법도 있었다.

그 모든 것이 통하지 않는다면 아예 김동하가 상상하지 못할 만큼의 엄청난 보상금으로 거래를 할 생각도 가지고 있었다.

어쨌든 이런 늙고 추한 모습이 아닌 예전의 그 당당하고 탄력 있는 몸으로 돌아갈 수 있다고 확신하고 있었다.

윤수경의 속마음을 모르는 유한석이 스카프로 얼굴을 감싸고 검정색 선글라스로 눈을 가리는 윤수경의 모습을 측은한 표정으로 바라보고 있었다.

이내 이곳을 찾아왔을 때와 같은 모습으로 돌아간 윤수경이 유한석에게 인사했다.

"도움에 진심으로 감사드릴게요. 교수님."

유한석이 씁쓸한 미소를 머금었다.

"천만에요. 별다른 도움을 주지 못해서 미안합니다."

"아니에요. 충분히 도움이 되었습니다. 그럼 이만."

살짝 목례를 올린 윤수경이 입구 쪽으로 발걸음을 옮겼다.

유한석이 재빨리 입구로 다가가 문을 열어주었다.

이내 윤수경이 유한석 교수의 연구실을 빠져 나갔다.

병원복도를 오가는 간호원들이 유한석 교수의 연구실에서 얼굴을 완전히 가린 윤수경이 나서자 누군지 살펴보려는 듯이 힐끔거렸다.

그럼에도 전혀 윤수경의 얼굴을 알아보지는 못했다.

하긴 지금의 윤수경의 모습은 남편인 서종환이 보아도

알아보지 못할 정도로 변해 있었다.

윤수경은 몰래 이곳을 찾아왔을 때처럼 다시 몰래 병원을 떠나고 있었다.

이제 그녀의 목적은 단 하나였다.

김동하나 한서영을 다시 만나는 일이었다.

쏟아지는 오후의 햇빛 속으로 걸음을 옮겨서 병원을 나서는 윤수경의 머릿속에는 그제야 아들 서동혁이 어디서 무엇을 하고 있는지 궁금해졌다.

서동혁은 그날 이후 집에 들어온 적이 단 하루도 없다는 것을 머릿속에 떠올린 윤수경의 입술이 잘근 깨물렸다.

"망할놈!"

누구를 대상으로 한 것인지도 모를 나직한 욕설이 윤수경의 입에서 흘러나오고 있었다.

망상(妄想)

"안녕하세요? 한서영입니다. 그냥 닥터한이라고 불러주
시면 됩니다."

한서영이 유창한 영어로 데니얼 엘트먼에게 인사를 하며
머리를 살짝 숙였다.

데니얼 엘트먼이 놀란 얼굴로 한서영의 얼굴과 서진무역
의 사장인 한종섭의 얼굴을 번갈아 바라보았다.

"이, 이분이 한사장님이 말씀하신 의사이십니까?"

의사가 여의사라는 것에 놀라고 또한 여의사치고는 너무
나 젊어 보인다는 것에 놀란 데니얼 엘트먼이었다.

더구나 그 젊은 여의사의 미모가 남자의 가슴을 철렁 내려앉게 만들 정도로 아름답다는 것에 기가 막힌 데니얼 엘트먼이었다.

그는 자신도 모르게 가슴이 뛰는 것을 느끼며 황당한 생각이 들 정도였다.

근 50평생을 아내와 자식들 외에는 한눈조차 판 적이 없었던 그가 먼 이국의 동양여인을 보고 가슴이 뛴다는 것에 기가 막혔다.

한종섭 사장이 웃었다.

"틀림없는 의사입니다. 내 딸이니 내가 잘 알지요."

순간 데니얼 엘트먼이 멍해졌다.

"이, 이분 닥터께서 한사장님의 따님이라고요?"

데니얼 엘트먼은 한종섭으로 소개받은 의사가 여자의사라는 것에도 놀랐지만 그 여의사가 너무나 아름답다는 것과 그녀가 한종섭 사장의 딸이라는 것에 얼떨떨했다.

또한 그런 한종섭 사장의 딸이 한종섭 사장과 그렇게 나이 차이가 나지 않아 보인다는 것에 놀라고 있었다.

한종섭이 웃었다.

"허허 맞소. 분명히 나의 큰 딸이오. 의사인 것도 틀림없는 사실이고."

데니얼 엘트먼이 큰 눈을 껌벅거렸다.

"지금 농담하시는 것은 아니지요?"

"하하 아닙니다. 내 큰딸이 확실합니다."

"세상에……"

데니얼 엘트먼이 믿어지지 않는다는 얼굴로 한서영을 바라보다가 입을 벌렸다.

"다, 닥터한. 나는 레이얼시스템의 동아시아 담당이사 데니얼 엘트먼입니다."

데니얼 엘트먼이 놀란 눈으로 한서영을 바라보며 손을 내밀었다.

한서영이 살짝 미소를 머금고 그의 손을 잡고 가볍게 악수를 나누었다.

데니얼 엘트먼의 시선이 한서영의 얼굴에 머물러 있었다.

마치 한서영의 얼굴을 자신의 뇌리 속에 각인시킬 듯한 강렬한 시선이었다.

자신이 계측기와 의학기기의 글로벌 기업인 레이얼시스템의 동아시아 담당이사로 재직하면서 숱하게 많은 동양인을 만나보았지만 한서영처럼 아름다운 여인은 처음이었다.

마치 신비스러운 동양의 모습을 찍은 화보에서 막 빠져나온 듯한 환상적인 여인이라는 생각이 들었다.

그가 놀란 눈으로 한서영의 얼굴에서 시선을 떼지 못하고 있었다.

한서영은 노골적인 데니얼 엘트먼의 시선에 민망한지 머리를 살짝 돌렸다.

한종섭이 한서영의 옆쪽에 서 있던 김동하를 가리키며

입을 열었다.

"이 친구는 내 사위요. 역시 내 딸처럼 의사요. 엘트먼 이사."

한종섭이 김동하를 소개하자 데니얼 엘트먼의 얼굴이 다시 굳어졌다.

"사, 사위라고요?"

"예! 이번에 엘트먼 이사와 함께 회장님을 만나기 위해서 내 딸이랑 미국으로 동행할 친구지요."

김동하가 한서영의 둘째 동생인 한유진에게 가르침을 받은 유창한 영어로 인사를 했다.

"안녕하십니까? 김동하라고 합니다. 만나서 반갑습니다."

김동하의 영어실력은 한서영도 놀랄 정도로 유창했다.

그도 그럴 것이 한유진에게 영어공부를 받으면서 아예 두꺼운 영어사전 한 권을 통째로 머릿속에 저장할 정도로 엄청난 기억력을 과시한 것이다.

오죽하면 한유진이 더 이상 김동하에게 공부를 가르칠 자신이 없다고 손발을 들었을 정도였다.

한서영에게 말한 대로 기억력 하나만큼은 이 세상 그 누구도 따라올 수가 없을 정도로 엄청난 두뇌를 가진 김동하였다.

김동하의 입에서 유창한 영어가 흘러나오자 한서영과 한종섭이 놀란 표정으로 바라보았다.

한유진으로부터 김동하가 엄청난 두뇌를 가졌다는 사실은 들었지만 이렇게 실제로 김동하의 입에서 영어가 흘러나오는 것을 들으니 너무나 이색적인 느낌이 들었기 때문이었다.

데니얼 엘트먼이 김동하를 바라보며 굳은 얼굴로 입을 열었다.

"데니얼 엘트먼입니다. 닥터 킴!"

데니얼 엘트먼은 눈앞의 동양인이 한종섭 사장의 사위라는 것에 놀랐다.

동시에 김동하가 엄청난 행운아라는 생각이 들었다.

한서영처럼 아름답고 단아하며 신비롭게까지 느껴지는 여인을 차지한 김동하는 그야말로 하늘의 축복을 받은 사람처럼 느껴졌기 때문이었다.

그로서는 짐작도 하지 못했던 레이얼시스템의 동아시아 한국대리점의 한종섭 사장의 가족이력을 엿보는 느낌이 들었다.

그가 한서영과 김동하의 얼굴을 번갈아가며 바라보았다.

중국에서의 납품 계약을 마무리하고 미국으로 돌아가는 길에 한국을 다시 방문해 달라는 한종섭 사장의 요청을 받아들인 것이 지금은 다행이라는 생각이 들었다.

"하하, 이렇게 서 있지 말고 앉읍시다."

한종섭이 한쪽에 마련된 테이블을 가리켰다.

데니얼 엘트먼이 한국을 방문하면서 한종섭 사장이 그의 숙소로 배정한 소공동의 리치호텔의 객실 안이었다.

혼자 머물기는 조금은 넓은 객실이었기에 한종섭과 한서영 그리고 김동하까지 머물러도 좁다는 생각이 들지 않을 정도였다.

데니얼 엘트먼이 한종섭의 재촉에 소파에 앉았다.

맞은편으로 한서영과 김동하가 나란히 앉고 가운데 소파에는 양복차림의 한종섭이 앉았다.

자리에 앉은 데니얼 엘트먼이 한서영과 김동하를 다시 한번 바라보았다가 한종섭에게 시선을 돌렸다.

"근데 한사장님의 따님과 사위가 정말 의사가 맞습니까?"

데니얼 엘트먼은 지난번 한국 방문 당시에 한종섭 사장에게 레이얼시스템의 토마스 레이얼 회장의 병을 치료할 방도가 있다고 들었다.

그 치료를 해줄 의사를 소개해 주겠다는 말에 이번에 다시 한국을 방문하게 된 것이다.

그런데 정작 그 의사가 한종섭 사장의 딸과 사위라는 것에 다시 한번 놀라고 있었다.

한종섭이 웃었다.

"겉으로는 그저 젊고 미숙한 모습으로 보일 테지만 상당한 실력을 가진 의사들입니다. 아마 이 아이들이라면 토마스 레이얼 회장의 병도 차도를 보일 것이 확실합니다."

한종섭은 레이얼 시스템의 회장 토마스 레이얼의 혈액암이 반드시 완치될 것이라고 확신하고 있었다.

큰딸의 옆에 사위 김동하가 있는 이상 죽은 사람도 다시 살아날 수 있다는 것을 잘 알고 있는 한종섭이었다.

토마스 레이얼 회장이 혈액암이든 이미 죽어 무덤 속에 묻혔든 김동하와 만나게 된다면 반드시 다시 살아나게 될 것은 당연하다고 여겼다.

데니얼 엘트먼이 믿어지지 않는다는 얼굴로 한서영과 김동하를 바라보았다.

이미 미국의 전문 혈액암센터에서 더 이상 치료가 불가능한 환자로, 남은 생이 2달 정도일 뿐인 시한부 인생을 확정 받은 토마스 레이얼 회장이었다.

한국의 의료기술이 아무리 뛰어나다고 해도 첨단 의료장비와 베테랑 의료진들이 포진한 미국의 혈액암센터의 전문의에는 비교할 수 없을 것이라고 생각했다.

그런 상황에서 한국의 젊은 의사들이 토마스 레이얼 회장의 특별치료를 위해 자신과 함께 미국으로 동행한다는 사실이 무척이나 황망했다.

이미 죽음에 대한 선고가 내려진 토마스 레이얼 회장이었다.

그런 토마스 레이얼 회장을 이제 갓 20대로 보이는 한국의 젊은 남녀의사들이 다시 살려낸다는 것이 너무나 터무니없는 말 같아서 헛고생을 했단 생각에 허탈한 마음까지 생겨나고 있었다.

데니얼 엘트먼의 표정을 살피던 한서영이 유창한 영어로 입을 열었다.

"무엇을 걱정하시는 것인지 알겠어요. 알려지지 않은 한국의 젊은 의사 두 명이 황당하게 혈액암을 앓고 계시는 토마스 회장님을 완치시키고 다시 살려낼 수 있다는 것이 믿어지지 않을 거예요."

데니얼 엘트먼이 굳은 얼굴로 한서영을 바라보았다.

"미국의 뉴욕 제너럴매디컬 혈액암센터에서 더 이상 손을 쓸 수 없을 정도로 상태가 악화된 상황이라 겨우 2달 정도의 남은 생을 판정받은 회장님입니다. 닥터한, 미국의 첨단의술로도 도저히 손을 쓸 수가 없을 정도였는데……."

'미국에서도 손을 쓸 수 없을 정도로 암의 진행상황이 깊어 시한부판정을 받은 회장님을 당신들 같은 젊은 동양의사 두 명이 어찌 살려낼 수 있다는 말입니까?'라는 나머지 말은 차마 데니얼 엘트먼의 입에서 흘러나오지 못했다.

한서영이 단호한 얼굴로 입을 열었다.

"우리가 도착할 때까지 회장님이 버텨 준다면 반드시 그분을 살려낼 거예요. 그리고 우리가 그분을 치료할 수 없다면 이 세상 그 누구도 그분을 치료하지 못해요. 알고 계셔야 할 것은 우리가 치료할 수 있는 환자를 다른 의사들이 치료하지 못할 수도 있지만 다른 사람이 치료할 수 없

는 환자를 우리는 치료할 수 있다는 거예요."

한서영의 말은 무척이나 단호했고 확신에 차 있었다.

데니얼 엘트먼이 멍한 얼굴로 한서영을 바라보았다.

"정말 회장님을 치료할 수 있다고 하셨습니까? 혹시 이전에 토마스 회장님의 혈액암 같은 병을 치료해서 완치시킨 적이 있었습니까?"

한서영이 맑은 눈을 깜박이며 대답했다.

"혈액암은 처음이에요."

"처음이라고요?"

데니얼 엘트먼이 멍한 표정을 지었다.

혈액암은 처음이라고 하면서 환자의 상태를 보지도 않고 완치를 확신하는 의사는 이 세상에 단 한 명도 없을 것이다.

때문에 한서영이 토마스 회장의 상태를 보지도 않고 미리 완치를 장담하는 것이 황당했다.

데니얼 엘트먼이 물었다.

"혈액암을 치료해본 임상경험도 없으면서 치료를 할 수가 있다는 겁니까?"

한서영이 머리를 끄덕였다.

"물론이에요. 그리고 우리가 회장님의 혈액암 완치를 확신하는 이유는 아마 미국에 도착해서 알게 될 거예요."

데니얼 엘트먼이 굳은 얼굴로 다시 물었다.

"닥터한께서 그렇게 확신하는 이유가 있습니까?"

한서영이 웃었다.

"의사가 환자를 치료할 때 어떻게 치료할 것이라고 미리 말해주는 경우는 없어요. 단지 그 환자의 상태를 진단하고 그에 적절한 처방과 치료를 병행하는 것이죠. 그리고 그 결과는 나중에 보시면 될 것이고요."

데니얼 엘트먼이 눈을 껌벅이며 다시 입을 열었다.

"알겠습니다. 뭐 이미 한사장님과 충분히 대화를 나누어서 이번 중국에서의 비즈니스를 마무리 한 이후 미국으로 귀국하는 길에 토마스 회장님의 치료를 위해 두 분과 함께 미국으로 동행하는 것에는 동의를 했습니다만… 두 분의 이번 미국행이 별다른 성과 없이 허무하게 끝날 수 있다는 것을 염두에 두셔야 할 것입니다. 물론 성과가 없다고 해도 두 분을 책망하거나 탓할 생각은 없습니다. 다만 치료에 대한 보수는 지급되지 않을 것입니다."

한서영이 생긋 웃었다.

"그건 걱정하지 않으셔도 돼요. 우리도 돈 때문에 그분을 치료하려는 것이 아니니까요. 그것보다는 치료 이후 토마스 회장님이 완치하셔서 다시 레이얼시스템으로 복귀한 이후의 경영전략을 따로 구상해 두셔야 할 거예요. 어쩌면 그건 엘트먼 이사님에게도 좋은 기회가 될 수 있을 테니까요."

한서영은 아빠 한종섭이 말했던 레이얼시스템의 동아시아에 대한 모든 비즈니스를 서진무역에 위임하는 언질을

미리 해놓았다.

한서영의 말에 데니얼 엘트먼은 기가 막힌다는 느낌이 들었다.

눈앞의 한서영이 전혀 토마스 레이얼 회장이 사망한다는 계산은 하지 않고 있다는 것을 느꼈기 때문이다.

그리고 그것은 100% 완벽한 확신이 없다면 할 수 없는 말이기도 했다.

데니얼 엘트먼의 가슴이 살짝 두근거렸다.

한서영의 말대로 토마스 레이얼 회장이 혈액암의 완치판 정을 받고 다시 레이얼시스템으로 복귀한다면 엄청난 일이 벌어지게 된다.

토마스 레이얼 회장이 혈액암 진단을 받기 이전에 추진하던 미국 나사(NASA—미 우주항공국)와의 우주첨단계측장비 분야의 협업이 다시 진행될 것이 분명했기 때문이었다.

'코스모스 프로젝트'라는 사업명이 붙어 있는 대형프로젝트였다.

초기 사업비용이 나사와의 공동출자로 600억 달러에 이르는 그야말로 글로벌 프로젝트였다.

그 계획이 성사되면 레이얼시스템은 계측기와 첨단의료장비 분야에서 독일이나 일본을 따돌리고 단번에 초 일류기업으로 독주하게 될 것이 분명했다.

미국에서 발사될 모든 우주선이나 인공위성의 계측장비

에 레이얼시스템의 계측기가 탑재될 것이고 우주에서 진행하는 모든 실험과 각종연구에도 레이얼시스템의 장비가 동원될 것이기 때문이다.

하지만 토마스 레이얼 회장이 혈액암에 걸려 시한부 선고를 받자 회장의 동생인 로빈 레이얼 부회장이 모든 프로젝트를 중단하라는 지시를 내렸다.

성공을 확신할 수 없는 프로젝트에 레이얼시스템의 천문학적 자금을 투자할 수 없다는 것이 그의 결론이었다.

그로서는 자신이 욕심을 부리는 금융비지니스 사업에 투자할 자금을 엉뚱한 곳에 쓰고 싶지 않았기에 그런 결정을 내린 것이다.

데니얼 엘트먼이 한서영을 바라보았다.

"정말 닥터한을 믿어도 되겠습니까?"

한서영이 자신의 옆에 앉은 김동하의 팔을 살짝 껴안았다.

"이사님께 약속하죠. 저와 이 사람이 토마스 회장님을 치료한다면 반드시 그 분을 살려낼 수 있어요."

한서영은 김동하가 있다면 토마스 레이얼 회장이 죽었다고 해도 다시 살려낼 수 있음을 알고 있었다.

그런 상황에서 혈액암 따위는 아마 김동하에게는 어려운 일도 아닐 것이다.

데니얼 엘트먼이 한서영과 김동하를 바라보며 눈빛을 번득였다.

"꼭 그렇게만 해 주신다면 절대로 그 은혜는 잊지 않을 것입니다. 나도 그렇고 우리 토마스 회장님도 그럴 겁니다."

한서영이 담담한 얼굴로 대답했다.

"믿어보세요."

마음속으로 지푸라기 끈이라도 잡고 싶은 심정이라고 생각한 데니얼 엘트먼이 한서영과 김동하를 보며 입을 열었다.

"현재 토마스 회장님의 자택에는 우리 레이얼시스템에서 공급한 의료기와 치료에 필요한 모든 약품들이 공급되어 있습니다. 따로 가져갈 상비는 없다는 말이지요."

다른 사람도 아닌 계측기와 첨단의료장비의 전문생산업체인 레이얼 시스템이었다.

그런 레이얼 시스템의 최고경영자가 혈액암으로 투병중인 상황이니 레이얼시스템에서 개발한 모든 장비들이 모두 동원되어 있을 것은 당연했다.

혈액분석장비를 비롯해서 초음파자기공명영상장치, 벤틸레이터, 컴퓨터영상분석장비까지 그야말로 동원될 수 있는 모든 의료기기는 모두 가져다 놓은 상태였다.

또한 토마스 레이얼 회장의 병석에는 매분 매시간 회장의 상태를 살펴보는 4명의 혈액암전문의와 8명의 간호사들이 교대로 근무하고 있었다.

데니얼 엘트먼이 한서영과 김동하를 보며 물었다.

"미국으로 언제 떠날 수 있습니까? 저 개인적으로는 업무상 중국에서의 비즈니스가 마무리된 이상 더 이상 오래 아시아에 머물 수가 없는 상황입니다."

한서영이 대답했다.

"이틀 후에요."

내일 오후면 김동하의 여권이 나오기에 늦어도 이틀 후면 미국으로 출발할 수 있다.

데니얼 엘트먼이 머리를 끄덕였다.

"그 정도의 시간이라면 기다려 드릴 수 있습니다."

한종섭이 한서영과 김동하를 보며 입을 열었다.

"1등석으로 티켓을 예약해 놓으마."

한종섭은 드디어 딸 한서영과 김동하가 미국으로 떠나는 것을 실감했다.

한종섭이 데니얼 엘트먼을 바라보며 입을 열었다.

"엘트먼 이사! 이제 토마스 회장님의 치료에 관한 이야기는 끝난 것 같으니 나가서 식사라도 합시다. 애초에 우리 집으로 초대하려 했는데 그보다는 서울에서도 제법 유명하고 좋은 한식집을 우연히 알게 되어 그곳을 소개하지요. 하하."

데니얼 엘트먼이 눈을 껌벅였다.

한식이라면 그가 한국에 출장 오면 즐겨먹는 음식이었고 뉴욕에서도 간혹 코리아 음식이 생각나면 일부러 아내와 함께 한식집을 찾기도 했다.

데니얼 엘트먼이 머리를 끄덕였다.

"그러지요. 식사초대 감사합니다. 한사장님."

한서영이 눈을 깜박이며 한종섭을 바라보았다.

"아빠! 엄마가 기다릴 텐데?"

한종섭의 특징은 밖에서 아무리 사업상 술을 먹거나 손님을 접대해도 식사만큼은 반드시 집에서 기다리는 아내인 이은숙이 차린 밥상에서 식사를 했다.

한서영이 어려서부터 보아온 아빠의 습성이었다.

그 때문에 아빠는 술 한잔 하자는 말은 쉽게 하지만 식사하자는 말은 잘 하지 않았다.

한종섭 사상이 웃었다.

"네 엄마가 기다린다."

"예?"

한서영이 놀란 듯이 눈을 동그랗게 떴다.

김동하도 살짝 놀란 얼굴이었다.

한종섭 사장이 웃으면서 입을 열었다.

"얼마 전에 네 엄마가 여고동창회에 다녀오고 나서 그 집이 맛있다고 나한테 말하더구나. 그래서 이참에 엘트먼 이사와 너희들이랑 함께 그곳에서 식사를 하기로 했다. 아마 지금쯤 네 엄마가 유진이랑 지은이 그리고 동호와 함께 우릴 기다리고 있을게다. 외국손님을 모시고 간다고 했으니 미리 가서 준비해 놓으라고 부탁했다."

"아!"

한서영이 입을 벌렸다.

한종섭이 말한 곳은 아내인 이은숙이 여고동창회를 했던 한남동의 전통한식 전문점 동매향이었다.

이은숙은 동매향에서 맛본 음식이 정갈하고 전통적 한식으로 구성되어 무척 마음에 든다고 남편에게 자랑삼아 말했다.

오늘 남편과 딸 한서영 내외(?)가 미국에서 온 손님을 만나고 나서 집으로 와서 간단하게 식사를 할 것이니 준비해 놓으라는 남편의 말에 이은숙이 동매향을 추천했다.

외국인을 맞이하려면 이것저것 불편한 것도 많았고 음식도 다양하게 준비해야 하는 번거로움이 있어 차라리 동매향을 선택한 것이다.

일행이 대화를 마치고 자리에서 일어섰다.

해가 서쪽으로 기울어지고 있는 늦은 오후 무렵이었기에 식사를 하기에도 그렇게 이른 시간은 아니었다.

이내 호텔을 빠져 나온 일행은 호텔 지하주차장에 세워 둔 한종섭의 승용차에 올랐다.

내부는 깔끔했지만 제법 오래 탄 탓에 외양은 구식의 느낌이 살짝 느껴지는 국산 대형승용차였다.

한서영이 한종섭의 옆자리인 조수석에 앉았고 김동하와 데니얼 엘트먼이 뒷좌석에 나란히 앉아서 한남동으로 향했다.

하늘의 석양과는 달리 호텔 밖의 대로에는 또다시 날이

저물어가고 있다는 것을 알리는 듯 색색의 조명이 피어나
고 있었다.

　퇴근 시간이 이미 상당히 지난 늦은 시간이었지만 동신
그룹의 기획실장실의 불은 꺼지지 않고 있었다.
　강 건너 멀리 보이는 뚝섬유원지와 자양동 방면의 아파
트단지를 비롯해서 잠실대교에 환한 조명이 들어와 또다
시 찾아온 밤을 화려하게 밝히고 있었다.
　기획조정실장의 사무실 안에서 두 명의 사내가 마주보았
다.
　가죽향이 물씬 풍기는 소파에 앉은 박영신 실장의 앞으
로 정인학이 반듯한 한 장의 종이를 밀어놓았다.
　"이건 한서영씨의 차량에 걸어둔 한서영씨의 개인 전화
번호와 현재 한서영씨가 살고 있는 아파트 동호수의 번호
그리고 오늘 한서영씨의 동선을 정리한 내용입니다."
　정인학이 한 장의 종이를 유리덮개로 장식된 사무실 접
객용 테이블에 올려놓고 박영진의 앞으로 밀었다.
　박영진의 재촉에 용역을 맡긴 유한용역의 담당자를 닦달
해서 겨우 알아낸 한서영의 정보였다.
　박영진이 약간 굳은 얼굴로 책상에 놓인 한서영의 전화
번호와 집주소를 확인했다.

　[연락처 010 2725 4279.

주소 서울 서초구 반포다인캐슬 아파트 101동 2107호.

9월 8일 한서영과 내연남의 동선 보고.

오전 11시 30분 한서영씨의 차량으로 한서영씨와 약혼남 아파트 출발.

오전 11시 40분 반포주민센터 도착 (방문내용 모름).

오전 12시 서초구청 도착 (여권창구방문).

오후 12시 20분 서초구청 근처 식당에서 식사.

오후 1시 30분 태인백화점 도착.

오후 2시 10분 백화점에서 철수 (미행종료).

의도되지 않은 상황으로 한서영과 약혼자의 사진을 찍은 카메라의 메모리카드를 잃어서 조사를 진행하기 힘들어 추적 종료.]

단순하게 전화번호와 주소와 몇 줄의 시간별 상황이 적혀 있는 종이였다.

마지막에 적혀 있는 글은 박영진으로서도 영문을 짐작하기 힘든 내용이었다.

"이게 한서영씨의 전화번호와 주소 그리고 오늘 한서영씨가 움직인 내용이라고요?"

박영진이 굳은 표정으로 하나의 전화번호와 하나의 주소를 바라보았다.

고작 이것을 알아내는 것이 그렇게 힘들었다는 것이 믿어지지 않는다는 표정이었다.

정인학이 살짝 머뭇거렸다.

"그렇습니다."

"내가 정대리를 재촉한 게 언젭니까? 근데 일주일 만에 달랑 이것 한 장만 가져온 것입니까? 이걸 보고라고 지금 나한테 제출하는 겁니까? 한서영씨와 함께 있던 그 약혼자라는 남자에 관한 정보는 어떻게 된 겁니까?"

정인학이 곤란한 표정으로 박영진을 바라보았다.

"사실 오늘 좀 황당한 일 때문에 심각한 상황이 벌어질 뻔했다고 하더군요."

순간 박영진이 머리를 들었다.

"그게 뭡니까?"

"저번 조사 때 한서영씨가 거주하는 아파트는 이미 파악해 놓았지만 외부인이 그 아파트에 들어가는 것이 조금 힘든 곳이라고 합니다. 한서영씨가 살고 있는 아파트에 얼마 전에 큰 사고가 있었다고 하더군요. 그 때문에 아파트 관리소 측에서 외부인의 출입을 엄격하게 통제를 했다고 합니다."

정인학의 말에 박영진이 이마를 찌푸렸다.

"그것을 해결하라고 용역을 의뢰한 것이 아니었나요? 대가를 받았다면 마땅히 나에게 결과를 가져다주어야 하지 않습니까? 아파트는 알았는데 정확한 동호수를 몰랐다? 이게 무슨 의미입니까?"

박영진의 눈이 매서워졌다.

정인학이 머뭇거리다 입을 열었다.

"사실 그 때문에 용역을 담당한 사람들이 한서영씨가 나올 때까지 근 며칠을 아파트 앞에서 잠복하며 기다렸다고 하더군요. 택배가 오면 입구의 경비초소에 보관하게 할 정도로 외부인의 감시가 심해서 도저히 안으로 들어갈 수가 없었다고 합니다."

"그래서?"

"그래서 아파트의 입구에서 계속 기다린 결과 일주일 만에 한서영씨와 그 약혼자로 알려진 남자를 힘들게 포착해서 뒤를 따르며 이번에는 제법 신중하게 사진을 찍고 정보를 모았다고 했습니다. 같은 실수를 두 번 반복하지 않기 위해 한서영씨의 동선을 그대로 모두 조사할 생각이었다고 했습니다."

정인학의 표정이 굳어졌다.

박연진이 머리를 들어 정인학을 바라보았다.

"그런데 왜 사진이 없는 겁니까? 분명 뒤를 으면서 사진을 찍었다고 하지 않았습니까?"

정인학이 대답했다.

"사실 그게 카메라에 들어 있는 메모리카드를 한서영씨에게 압수되었다고 합니다. 실장님께 드린 보고서의 마지막 내용이 바로 그것입니다."

박영진이 정인학이 내민 보고서를 다시 읽었다.

"이게 뭐요? 메모리카드를 압수당했다고 했습니까?"

정인학이 대답했다.

"예! 실은 한서영씨와 약혼자로 보이는 남자를 몰래 사진 찍는 것을 들켰다고 합니다. 그것도 백화점의 양복매장에서 한서영씨의 얼굴을 포착하는 장면을 정통으로 들켜서 도망을 칠 여유도 없었다고 하더군요. 때마침 위치도 백화점이었기에 소란을 피우거나 일을 어렵게 만들 수도 없었다고 들었습니다."

박영진이 어이가 없다는 얼굴로 눈살을 찌푸렸다.

"어떻게 일을 그렇게 멍청하게 해? 이런 식으로 일해서 용역사무실을 꾸릴 수나 있겠나?"

혼잣말처럼 중얼거렸지만 정인학의 귀에 너무나 쉽게 들렸다.

박영진이 머리를 들었다.

"그러니까 사진을 찍었는데 한서영씨에게 들켜서 그 메모리카드를 뺏겼다. 이겁니까?"

정인학이 굳은 얼굴로 대답했다.

"그런 것 같습니다."

박영진의 이마가 찌푸려졌다.

"용역을 맡길 곳이 그곳밖에 없었습니까?"

정인학이 대답했다.

"요즘은 용역이라고 해도 미행이나 감시, 추적, 폭력, 납치 같은 법에 어긋날 수 있는 범법행위에 선뜻 나서려는 곳이 흔하지 않습니다. 단순하게 업무에 필요한 용역이나 업무대행, 운전대행, 자료조사 등 가능하면 합법적인 용역만 맡으려고 해서 겨우 알아낸 곳이 이곳입니다."

박영진이 혀를 찼다.

"그 한신용역은 어디로 사라진 것입니까? 조사는 해 보았습니까?"

정인학이 대답했다.

"일전에 말씀드린 대로 양재득 사장을 비롯해서 한신용역의 간부들이 모두 갑자기 종적을 감추었습니다. 그 때문에 지금 한신용역은 하부직원들 몇 명이 겨우 꾸려가고 있는 중으로 조사되었습니다."

"쯧."

박영진이 혀를 찼다.

한신용역의 실체인 뉴월드파의 양재득 사장이나 부사장 송대진을 비롯해 뉴월드파의 모든 간부급들이 김동하에 당한 이후 해진에 의해서 사라졌다는 것은 그로선 꿈에도 생각하지 못하고 있었다.

박영진이 잠시 정인학이 자신에 보여준 종이를 살피다가 입을 열었다.

"일단 아쉬운 대로 한서영씨의 전화번호를 알아온 것은 수고하셨습니다."

"감사합니다."

정인학은 박영진 실장이 화를 내지 않는 것에 속으로 안도의 한숨을 불어내고 있었다.

박영진이 물끄러미 테이블 위의 보고서를 바라보았다.

그의 시선이 12시에 서초구청이라는 항목에 고정되었다.

"이건 뭡니까? 서초구청 여권창구라니요?"

정인학이 대답했다.

"한서영씨의 약혼자로 보이는 남자가 여권을 발급받은 것 같습니다. 아무래도 외국으로 나갈 일이 있는 듯합니다."

"그래요?"

박영진의 눈빛이 가늘어졌다.

아무 말 없이 보고서를 보고 있던 박영진이 머리를 들어 정인학을 바라보았다.

"한서영씨가 개인적으로 움직인 것을 조사하지는 못했나요?"

한서영에게 접근하기 위해서는 한서영의 개인적인 동향을 알아내는 것이 무엇보다 중요했다.

정인학이 대답했다.

"그게… 세영대학병원에서 근신징계를 받은 이후 특별하게 한서영씨가 외출을 한 적은 없는 듯합니다. 외출을 한다고 해도 항상 약혼자로 보이는 남자와 동행을 하기에 개인적인 동향을 파악하는 것은 쉽지 않다고 하더군요."

"……."

"집안에서도 항상 그 약혼자와 함께 지내는 것 같습니

다. 실장님!"

정인학의 말에 박영진이 이를 살짝 악물었다.

왠지 모르지만 한서영이 약혼자와 늘 함께 있다는 것에 살짝 질투심이 일어난 것이다.

박영진이 고개를 끄덕였다.

"알겠습니다. 멍청하게 또다시 한서영씨에게 들키는 일이 없이 계속 동향을 살피라고 하세요."

"알겠습니다."

정인학이 굳은 얼굴로 대답했다.

박영진이 정인학의 얼굴을 보지도 않고 손을 들어올려 나가라는 신호를 보내며 입을 열었다.

"그만 나가보세요."

"예!"

정인학이 머리를 꾸벅 숙이고 몸을 돌렸다.

이내 그가 빠르게 박영진의 방을 빠져나갔다.

정인학은 이제야 퇴근시간이 되었다는 것을 실감했다.

딸칵—

문이 열리고 이내 조용히 다시 방문이 닫혔다.

정인학이 물러가자 박영진이 물끄러미 테이블 위의 보고서를 바라보았다.

그의 시선이 머물러 있는 곳은 한서영의 전화번호였다.

잠시 한서영의 전화번호에 시선을 주던 박영진이 이내 자신의 품에서 전화기를 꺼냈다.

딸각—

전화기를 꺼내었지만 바로 전화를 걸 수가 없어서 그냥 보고서의 옆에 자신의 전화기를 내려놓았다.

그의 머릿속에 자신을 진료하던 도도한 모습의 한서영의 아름다운 얼굴이 떠올랐다.

이 세상에서 그 어떤 것도 자신을 망설이게 만드는 일은 없다고 자신했던 박영진이었다.

하지만 지금 한서영에게 전화를 거는 것은 그 어떤 결정보다 어렵고 힘들다는 생각이 들었다.

물끄러미 보고서를 바라보던 박영진이 혼잣말로 중얼거렸다.

"한서영씨와 직접 대면하는 것보다는 우회적인 방법으로 접근하는 것이 더 쉽겠지?"

혼잣말로 중얼거리는 박영진의 눈빛이 번득였다.

한서영은 자신이 전혀 모르는 박영진이 자신을 마음에 담고 있다는 것은 꿈에도 생각하지 못하고 있었다.

조선남자

朝鮮男子

-천능의 주인-

재회(再回)

　한남동의 한정식 전문점 동매향의 청실은 혼기에 찬 예비신랑 신부의 가족들이 주로 상견례를 위해 예약하는 방이었다.

　단아한 한옥의 느낌과 함께 우아하고 고급스럽게 꾸며진 청실의 분위기는 처음으로 대면하는 사람들의 긴장감도 함께 풀어지게 만들 정도로 정갈했다.

　사방 6평 정도의 크지 않은 방안에는 잘 닦여진 반상이 놓여 있었고 상 위에는 가지런하게 한식들이 놓여 있었다.

　상을 마주한 자리에는 얼굴을 스카프로 가린 한 명의 여인이 조용히 앉아서 상을 바라보며 무언가 깊은 생각에 잠겨 있었다.

오후 7시가 넘어가는 시간이었기에 동매향의 각 방은 늦은 식사를 하기 위해서 찾아온 손님들과 오랜만에 모임을 갖는 사람들로 인해서 만석이 되어 있었다.

미리 예약을 하지 않으면 식사도 할 수 없다고 알려진 동매향은 외국에서도 알려질 정도로 맛집으로 유명한 곳이었기에 늘 사람들로 붐볐다.

청실에 홀로 앉아 있던 여인이 힐끗 상 위에 올려놓은 자신의 핸드폰을 손가락으로 살짝 눌렀다.

이내 그녀의 전화기에 현재의 시간이 떠올랐다.

말없이 시간을 확인한 여인이 낮게 한숨을 내쉬었다.

그때였다.

똑똑.

청실의 입구에서 작은 노크소리가 들렸다.

여인이 머리를 돌리자 이내 부드럽게 문이 열렸다.

문이 열리면서 한 명의 여인이 방안으로 들어섰다.

그녀 역시 얼굴을 스카프로 가리고 있었고 더운 늦여름에 어울리지 않게 손에도 장갑을 끼고 있었다.

마치 일부러 온몸을 꽁꽁 감싸고 있는 듯한 부자연스러운 모습이었다.

여인이 방으로 들어서자 미리 도착해서 앉아 있던 여인이 자리에서 일어섰다.

"어서 오세요. 장여사."

미리 동매향의 청실에 도착해 있던 사람은 김동하에게 천명을 회수당해 추레하게 늙어가고 있던 윤수경이었다.

세영대학병원에서 남편의 친구인 유한석 교수를 만나 자신의 얼굴을 고칠 수 없다는 말을 듣고 돌아온 윤수경은 이곳에서 자신과 함께 같은 증상을 겪고 있는 장수란을 불러냈다.

방으로 들어선 장수란이 청실에서 자신을 기다리고 있던 윤수경을 보며 작은 목소리로 입을 열었다.

"윤여사가 무슨 일로 이곳에서 저를 만나자고 한 건지 모르겠군요. 외부인의 눈이 거슬려 외출도 잘 하지 않는 나한테 말이에요."

윤수경이 이곳에서 자신을 만나자고 한 것에 제법 고심한 흔적이 역력한 장수란이었다.

장수란은 모습이 변한 이후 자신의 가족에게도 자신의 얼굴을 잘 보여주지 않았다.

그런 장수란이 마음먹고 외출을 할 정도로 중대한 사안이라 하였기에 살짝 윤수경을 보며 질책하는 듯한 어투를 사용하고 있었다.

윤수경이 머리를 끄덕이며 입을 열었다.

"제가 장여사의 집으로 찾아갈 수도 있었지만 그보다는 차라리 이렇게 외부인의 시선을 경계할 필요가 없는 이런

곳에서 오붓하게 장여사와 의논하는 것이 좋겠다는 생각
이 들었어요. 제가 장여사가 나랑 같은 증상을 겪고 있다
는 것을 알게 된 것도 장여사의 집에서 먼저 흘러나왔기
때문이에요."

"……."

장수란이 아무 말도 하지 않고 윤수경의 맞은편 자리에
앉았다.

자리에 앉은 장수란이 상위의 음식은 거들떠보지도 않은
채 윤수경의 얼굴을 바라보았다.

자신처럼 얼굴을 스카프로 가리고 있었고 눈을 가린 안
경도 벗지 않은 모습이었다.

"윤여사가 저랑 의논할 것이 뭔가요?"

장수란이 손에 낀 장갑을 천천히 벗으면서 물었다.

장갑을 벗자 주름으로 뒤덮인 손등이 그대로 드러났다.

또한 장갑이 벗겨지자 장수란의 몸에서 만들어진 먼지
같은 표피가 바닥으로 떨어져 내렸다.

그 모습을 본 장수란이 웃었다.

"예전에는 내가 직접 운전하는 경우는 그다지 많지 않았
어요. 모두가 운전기사가 대신했지요. 하지만 지금 이 모
습 이 꼴이 된 것 때문에 오랜만에 제가 직접 차를 몰게 되
었네요. 흐흐."

장수란의 입에서 자조 섞인 웃음이 흘러나왔다.

윤수경이 그 모습을 물끄러미 바라보다가 입을 열었다.

"오늘 오후에 세영대학병원을 다녀왔어요. 남편을 졸라서 세영대학병원의 친구 분을 만나게 해 달라고 부탁한 거예요."

윤수경의 말에 장수란이 머리를 들어 윤수경을 바라보았다.

안경속의 장수란의 시선이 흔들리고 있었다.

장수란이 물었다.

"뭐라고 하던가요? 윤여사가 택시에서 들었던 그 시술을 할 수가 있다고 하던가요? 윤여사나 제가 다시 예전의 모습으로 돌아갈 수 있을 것이라고 하던가요? 그 시술이 정말 세영대하병원에서 시술한 것이던가요?"

장수란은 한시라도 지금의 고통에서 벗어나고 싶은 욕망에 마치 봇물이 터지듯 하고 싶었던 말을 쏟아냈다.

윤수경이 머리를 흔들었다.

"아니에요. 사실 저도 그게 제일 궁금해서 남편의 친구분에게 제 얼굴을 보여주었는데 무척 놀라더군요. 그분으로서도 이런 경우는 처음이라고 하시더군요. 그리고 택시에서 제가 들었던 그 시술에 대해서도 정작 그분은 아무것도 모르고 있었어요. 실제로 그런 시술을 할 수 있는 곳은 세상에 없다고 하면서요. 내가 택시에서 들었던 시술은 세영대학병원에서 한 것이 아니었어요."

"……."

장수란의 입에서 가늘게 한숨이 흘러나오고 있었다.

자신의 집으로 찾아온 윤수경이 털어놓은 말 때문에 일말의 희망을 품었던 장수란이었지만 그것이 아무런 소용이 없다는 것에 실망하고 있었다.

윤수경이 머리를 들어 장수란을 바라보았다.

"하지만 중요한 것은 하나 알아냈어요."

윤수경의 말에 장수란이 머리를 들었다.

"그게 뭔가요?"

윤수경이 입을 열었다.

"장여사의 집을 찾아갈 때 탔었던 택시에서 내가 들었던 그 시술을 받아 젊어졌다고 하는 여자가 누군지 알아내었어요. 그리고 그 여자를 그렇게 시술한 사람이 누군지도 말이에요."

장수란의 얼굴이 굳어졌다.

"그게… 누군가요?"

"한서영의 모친이에요. 그리고 그 한서영의 모친을 시술한 사람은 한서영의 남편인 것 같아요. 택시기사의 말로는 택시를 탄 여자들이 시술한 여자의 사위에게 시술을 받았다고 하였으니 한서영의 남편이 분명할 거예요."

순간 장수란의 입이 살짝 벌어졌다.

"한서영?"

장수란으로서는 한서영이라는 이름은 처음으로 듣는 이름이었다.

정작 세영대학병원의 장례식장에서 소동을 일으킨 것은

자신이었지만 그때 마주쳤던 여자의사의 이름이 한서영이라는 것은 생각지도 못했다.

윤수경이 입술을 비틀었다.

"기억나지 않으세요? 장여사가 지금의 모습으로 변하기 전에 방문했던 세영대학병원의 장례식장에서 장여사와 다투었던 젊은 여자의사 말이에요. 그 여자의사가 바로 한서영이에요. 그리고 한서영의 남편은 당시 한서영과 함께 있던 남자를 말하는 거예요. 장여사와 제가 공통적으로 접촉했던 사람이 바로 한서영의 남편이죠."

"아!"

장수란의 입에서 탄성이 흘렀다.

윤수경이 다시 입을 열었다.

"우연인지 아닌지는 모르지만 전에 말했던 나와 장여사가 가진 공통점 중의 하나가 그 젊은 남자의 몸에 접촉했다는 사실이에요."

장수란이 눈을 깜박였다.

자신의 저택에서도 윤수경과 대화를 나눌 때 알아낸 것이지만 지금 또다시 윤수경에게 그런 말을 듣자 몸에 소름이 피어오르는 느낌이었다.

더구나 한서영이라는 여자의사의 모친이 윤수경이 택시기사에게 들었다고 하는 그 묘령의 여인이었다는 것에 현기증이 날 정도였다.

장수란이 더듬거리며 물었다.

"저, 정말 그 젊어졌다는 여자가 바로 한서영이라는 젊은 여자의사의 모친이라는 말인가요?"

장수란은 믿어지지 않는다는 표정으로 윤수경을 바라보았다.

윤수경이 머리를 끄덕였다.

"세영대학병원에서 근무하고 있는 제 남편의 지인의 입을 통해 직접 확인했어요. 그 택시기사가 이곳 동매향의 앞에서 보았다는 젊은 여자는 세영대학병원의 인턴으로 근무중인 한서영의 모친이었어요. 그 때문에 장여사를 이곳으로 오시라고 한 거예요."

말을 마친 윤수경이 목이 타는 듯 상에 놓인 물잔을 들고 한 모금 들이켰다.

다시 잔을 내려놓은 윤수경이 장수란의 얼굴을 빤히 바라보았다.

"세영대학병원에서 그 여자의 이름까지 확인했으니 틀림없을 거예요. 이은숙! 내가 택시에서 기사에게 들었던 말이 전부 사실이라면 그 여자가 바로 한서영의 모친이 분명해요. 택시기사도 은숙이라는 이름을 정확하게 기억하고 있었으니까요."

윤수경은 자신이 알아낸 모든 사실을 장수란에게 설명했다.

장수란은 놀란 얼굴로 윤수경이 알아낸 놀라운 사실을 듣고 있었다.

장수란의 주름으로 완전하게 뒤덮인 손이 가늘게 떨렸다.

윤수경이 다시 입을 열었다.

"그리고 중요한 것은 그 여자는 딸 한서영의 남편인 사위에게 시술을 받은 것 같아요. 아마 그 사위라는 남자도 의사인 것 같았어요. 다만 세영대학병원에서는 존재하지 않는 사람인 듯싶어요. 한서영에게 남편이 있다는 것은 병원 측에서도 모르고 있는 것 같았으니까요. 부부가 함께 병원에서 일하고 있다면 병원 측에서 모를 리가 없는데, 전혀 한서영에게 남편이 있다는 것을 모르고 있었어요."

"세상에……."

윤수경의 말에 장수란이 흔들리는 시선으로 윤수경의 얼굴을 바라보았다.

윤수경이 하는 말을 들으면 들을수록 온몸이 떨리는 충격이 느껴졌다.

윤수경이 다시 목이 타는지 물잔을 들어서 입으로 가져갔다.

그것을 본 장수란도 물잔을 들었다.

목을 축인 윤수경이 입을 열었다.

"장여사와 제가 가진 공통점 중 하나가 한서영이란 인턴의 남편과 접촉했었다는 사실이에요. 그건 우릴 이렇게 만들어 놓은 사람이 바로 그 한서영의 남편일 수도 있다는 의미예요."

윤수경이 얼굴을 가리고 있던 검은 안경을 벗으면서 다시 입을 열었다.

"그 남자가 우릴 이렇게 만들었다면 다시 되돌리는 것도 그 남자라면 할 수 있을 거예요."

안경을 벗은 윤수경의 눈가는 80살 먹은 노파의 눈꺼풀처럼 주름으로 뒤덮인 눈꺼풀이 아래로 축 처져 있었다.

장수란은 참으로 기묘한 인연이라는 생각이 들었다.

자신과 세영대학병원의 장례식장에서 의도하지 않은 소란을 일으키게 된 그 젊은 여자의사와 여자의사의 옆에 서 있던 잘생긴 청년이 이런 식으로 다시 자신과 연결된다는 것이 믿어지지 않았다.

장수란이 윤수경을 바라보았다.

"어쩔 건가요?"

윤수경이 입술을 잘근 깨물었다.

"그 남자를 다시 만날 거예요. 그리고 그 사람이 정말 우리를 이렇게 만들었다면 다시 되돌려 놓으라고 말할 거예요."

"그 사람이 들어줄까요? 애초에 나와는 그다지 좋은 상황에서 만난 게 아니었는데……."

장수란은 막내딸 유채영의 학교폭력으로 인해 스스로 목숨을 끊으려 했던 최은지의 장례식장에서 자신이 일으킨 소동이 지금의 이런 결과를 가져왔다는 점을 알고 있었다.

그 때문에 자신의 행동이 참으로 후회스러웠다.

그런 그녀의 귀에 윤수경의 목소리가 들려왔다.

"나와도 좋지 못한 상황에서 대면한 것은 사실이에요. 하지만 그렇다고 이런 모습으로 평생을 살아가야 하는 것을 감수하진 못해요. 어떤 수단을 사용해서라도 다시 되돌릴 거예요. 사정해서 통하지 않는다면 사람을 사서 힘으로 굴복시킬 수도 있어요. 그것도 통하지 않는다면 한서영을 겁박해서라도 다시 예전으로 돌아갈 거예요."

윤수경의 입술이 고집스럽게 앙다물어졌다.

장수란이 멍한 시선으로 윤수경을 바라보았다.

자신도 꽤나 모질고 냉혹한 여자이지만 윤수경은 자신보다 더 집요한 성격을 가지고 있다는 생각이 들었다.

윤수경이 입을 열었다.

"일단 한서영이라는 이름까지 알아내었으니 이제부터는 그렇게 어려운 일은 없을 거예요. 그리고 한서영의 남편이 의사라면 근무하고 있는 병원도 금방 알아낼 수 있을 테니 곧 우리도 예전으로 돌아갈 수 있을 거예요."

장수란이 머리를 끄덕였다.

"그건 윤여사가 알아봐줘요. 나도 도울 수 있는 일이 있다면 도울 테니까요."

윤수경이 장수란의 얼굴을 빤히 바라보았다.

"일단 장여사나 저나 예전의 모습으로 회복하는 것이 중요하니 한서영의 남편을 회유하는 것이 좋은 방법인 것 같아요. 돈을 사용하더라도 말이에요."

돈이라면 두 여자 모두 쌓아놓은 돈이 바닥에서 썩어갈 정도로 많이 가지고 있었다.

두 여자 모두 이 세상에서 돈으로 해결되지 않는 것은 없다는 개통철학을 가지고 있었기에 예전의 모습으로 돌아갈 수 있다면 억만금을 써도 아깝지 않을 것이라고 생각했다.

장수란이 머리를 끄덕였다.

"돈이라면 원하는 만큼 줄 수도 있다고 하면 될 것 같네요."

윤수경이 이를 악물었다.

"하지만 우리가 예전의 모습으로 돌아간 이후에는 아마 그 한서영이라는 여자의사와 그 여자의 남편이라는 작자는 세상에서 제일 잔인한 복수를 감당해야 할 거예요. 우리에게 이런 지옥 같은 고통을 안겨준 것을 그냥 덮을 수는 없는 일이니까요."

장수란은 그런 윤수경을 가만히 바라보고만 있었다.

실제로 장수란은 지금의 이 모습으로 변한 게 천방지축으로 키웠던 막내딸 유채영으로 인해 천벌을 받았다고 자책하는 중이었다.

죽음을 눈앞에 두면 지금까지 잘못 살아온 지나온 과거가 가슴을 쥐어뜯을 정도로 후회된다는 말을 실감하고 있던 터였다.

장수란으로서는 타인의 아픔이나 불행을 외면하고 오로지 자신과 자신의 주변만 챙겨왔던 지난 과거가 사뭇 아프고 후회스러웠다.

그 때문에 지금 윤수경이 모진 마음을 품고 있는 것에 차마 동조하지 못하는 것이다.

두 여자는 아무 말 없이 반상에 수북하게 차려진 음식을 손도 대지 못하고 바라만 보았다.

각자 다른 사념들이 그녀들의 머리를 채우고 있었기 때문이었다.

동매향의 개실은 매란국죽으로 나뉜 객실과 청홍금은으로 나뉜 객실로 구분되어 있었다.

매란국죽은 각종 회합이나 모임 같은 사람이 제법 많은 연회에 적합한 객실이었고, 청홍금은은 결혼을 앞둔 예비부부의 가족끼리 상견례를 하거나 많지 않은 인원들이 오붓하게 식사를 할 수 있는 객실이다.

그런 동매향의 매실의 안에서는 기묘한 광경이 펼쳐지고 있었다.

"저, 정말 이분이 한사장님의 부인이십니까?"

데니얼 엘트먼의 눈이 찢어질 듯 부릅떠졌다.

고운 한복을 입은 아름다운 묘령의 젊은 여인이 한종섭 사장의 옆에서 앉아서 미소를 머금은 얼굴로 자신을 바라보았기 때문이다.

한종섭 사장이 웃었다.

"틀림없이 내 아냅니다. 엘트먼 이사님."

"세상에⋯⋯."

한종섭 사장의 초대로 이곳 동매향을 방문한 데니얼 엘트먼은 이해가 되지 않는다는 얼굴로 한종섭의 아내 이은숙을 바라보았다.

이은숙의 옆에 앉은 상큼한 느낌의 젊은 여인이 유창한 영어로 입을 열었다.

"호호, 분명 우리 엄마예요."

한종섭 사장의 둘째 딸 한유진이었다.

대학에서 영문학을 전공하는 한유진답게 그녀의 영어는 참으로 유창했다.

데니얼 엘트먼이 황당해 하는 얼굴로 한유진과 이은숙을 번갈아 바라보았다.

얼핏 이은숙은 한유진보다 한두 살 정도 더 나이가 많은 언니쯤으로 보였다.

데니얼 엘트먼의 건너편에 앉아 있는 한서영과 또래로 보일 정도로 젊은 여인이었다.

그런 이은숙이 한서영과 한유진 그리고 한지은과 한강호의 어머니라는 것이 믿어지지 않았다.

데니얼 엘트먼이 한종섭을 바라보며 눈을 껌벅였다.

"한사장님도 몰라볼 정도로 젊어지셔서 놀랐지만 사모님까지 이렇게 젊으신 분이라니. 허허, 정말 믿어지지가

않는군요."

한종섭이 웃었다.

"이게 모두 내 사위 때문입니다."

한종섭이 큰딸 한서영과 나란히 앉은 사위 김동하를 흐뭇한 표정으로 바라보았다.

데니얼 엘트먼의 눈이 커졌다.

"사위 때문이라니요?"

한종섭이 웃으면서 입을 열었다.

"내 딸처럼 사위도 의사라고 하지 않았소? 그 덕분에 우리도 이렇게 젊어졌지요."

한종섭은 사위인 김동하의 천능의 권능 때문에 자신과 아내가 젊어졌다는 말을 하지 않고 사위가 의사이기 때문에 젊어졌다는 말로 대신했다.

데니얼 엘트먼이 김동하를 바라보았다.

김동하의 얼굴은 담담했다.

동양인답지 않게 키가 크고 건장한 체격에 별로 말도 없어 과묵한 느낌이 드는 잘생긴 청년이라는 생각이 들었다.

그런 김동하가 상당한 실력의 의술까지 가지고 있다는 것에 놀랍기만 했다.

데니얼 엘트먼이 물었다.

"수술을 한 겁니까? 아니라면 젊어지는 약을 가지고 있는 것입니까?"

이 세상에 사람을 젊어지게 만드는 수술이나 청춘을 되돌리는 약이 있다는 것은 들어본 적이 없었다.

　하지만 한종섭이나 이은숙의 모습은 데니얼 엘트먼을 놀라게 하기에는 충분했다.

　한종섭이 웃으면서 입을 열었다.

　"하하 어쩌면 미국에 도착하시면 아시게 될 겁니다. 내 사위와 딸이 토마스 회장님을 치료해서 회복시키는 것을 보면 말이오."

　"그, 그게……."

　데니얼 엘트먼의 얼굴이 멍해지고 있었다.

　호텔에서는 딸과 사위가 토마스 레이얼 회장의 혈액암을 완치시킬 것이라고 장담하더니 이곳에선 이제 한종섭 사장이 직접 그것을 장담하고 있었다.

　데니얼 엘트먼이 머리를 절레절레 흔들었다.

　"동양의 의술은 그저 마법 같은 느낌이 듭니다. 작은 침 하나로 몸을 치료하거나 몸의 급소를 짚어 치료하는 것이 무척 신기하군요. 허허 이것 참."

　레이얼 시스템의 아시아 담당으로서 동양에 대한 문화와 전통을 하나둘 알아가면서 느껴왔던 경이감이 또다시 새롭게 그의 머릿속에 들어오고 있었다.

　데니얼 엘트먼이 한종섭 사장의 아내인 이은숙과 한서영 그리고 한유진과 한지은의 얼굴을 바라보며 머리를 흔들었다.

"아무래도 한사장님은 전생에 나라를 구한 것 같은 큰 공을 세운 것 같습니다. 부인도 그렇고 따님들도 모두가 너무나 아름답군요."

"하하 그런가요?"

한종섭이 빙그레 웃었다.

데니얼 엘트먼은 레이얼 시스템의 아시아 담당 책임자로서 수십 번이나 아시아를 방문했지만 이렇게 매력적인 가족은 처음으로 보았다.

중국과 일본 그리고 다른 아시아 지역에도 예쁘고 아름다운 여인들이 있었지만 이곳 한국에서 만난 한종섭 사장이 가족은 그야말로 말로 설명하시 못할 녹특한 아름다움을 지녔다.

이은숙이 데니얼 엘트먼의 시선을 견디지 못하고 약간 얼굴을 붉힌 채 입을 열었다.

"이제 그런 소리는 그만하시고 식사나 해요. 한식은 식으면 맛이 없어요."

유창한 영어였다.

남편의 손님인 데니얼 엘트먼은 이은숙으로서도 처음으로 보는 것이었지만 왠지 오래전부터 만났던 사람과 같은 친근함을 느꼈다.

데니얼 엘트먼이 머리를 숙였다.

"아! 그렇습니까? 그보다 이렇게 식사에 초대해 주셔서 정말 감사합니다."

예의를 갖춘 정중한 데니얼 엘트먼의 인사였다.

이은숙이 단아한 미소로 살짝 머리를 숙여 데이얼 엘트먼의 인사에 화답했다.

이은숙은 남편이 데니얼 엘트먼과 큰딸을 비롯해 사위까지 데려온다고 하자 평소에 입던 옷 대신 한복을 갖춰 입는 것이 좋다고 생각했다.

이곳 동매향의 분위기와 한복이 무척 어울릴 것이라고 생각했기 때문이었다.

그것은 탁월한 선택이었다.

김동하의 시선이 장모(?)인 이은숙의 한복에서 떨어지지 못하고 있었기 때문이다.

김동하는 자신이 알던 한복의 분위기와는 전혀 다른 이은숙의 한복을 보며 속으로 감탄을 금치 못하고 있었다.

저고리의 섶이 넓고 동정도 과거와는 달리 넓고 매끈했다.

또한 치마의 폭도 과거의 한복과는 달리 풍성하고 넓었으며 색감도 참으로 고왔다.

만약 지금 이시대의 한복을 과거로 가져갈 수 있다면 아마 도성의 모든 처자들이 모두 새로운 한복에 감탄을 금하지 못하리라고 생각했다.

장모가 될 이은숙의 한복 차림은 김동하에게 잠시지만 과거의 기억을 떠올리게 만들었다.

한서영은 자신의 옆에 앉은 김동하가 엄마의 한복 입은

모습을 보며 시선을 떼지 못하자 입가에 미소를 머금었다.

"호호, 뭘 그렇게 뚫어지게 봐? 엄마가 한복 입은 게 놀라워?"

한서영의 물음에 김동하가 물끄러미 한서영을 바라보았다.

"어머님이 마치 궁중의 여인 같습니다."

"궁중의 여인?"

"예! 저도 실제로 보지는 못하였지만 예전에는 궁중의 여인이 어머님처럼 아름답다고 들었지요. 그 때문에 폐왕이 조선 전역에서 아름다운 여인들을 끌어 모아 홍청이라는 것을 만들었습니다."

지금은 역사가 된 폐위연산의 홍청을 머리에서 떠올린 김동하였다.

한서영이 웃었다.

"호호, 우리 엄마가 그렇게 아름다워?"

김동하가 머리를 끄덕였다.

"예! 텔레비전에서 보았던 연속극에 나오는 여인들보다 어머님이 더 아름다우십니다."

김동하가 텔레비전에서 방영되는 것 중 가장 좋아하는 프로그램은 지구의 자연과 생태계를 보여주는 다큐멘터리와 과거의 역사를 보여주는 사극이었다.

그것을 보면 자신이 마치 과거로 다시 돌아간 착각을 일으킬 정도였기에 사극연속극이 방영되면 아예 김동하 자신이 텔레비전으로 빨려 들어가는 느낌까지 들었다.

한서영이 웃으면서 엄마 이은숙을 바라보았다.

"호호 엄마! 동하가 뭐라고 하는지 알아?"

이은숙이 머리를 돌려 한서영을 바라보았다.

"왜?"

이은숙의 눈이 동그랗게 변해 있었다.

한서영이 웃으면서 대답했다.

"엄마가 텔레비전에 나오는 사극 탤런트보다 더 예쁘다고 하는데. 호호, 엄마는 좋겠어. 사위가 예쁘다고 하는데 어떤 장모가 그런 소릴 듣겠어?"

한서영의 말에 이은숙의 눈이 반달로 변했다.

"정말이니?"

이은숙의 시선이 김동하의 얼굴을 향했다.

순간 김동하의 얼굴이 발갛게 달아올랐다.

사위인 김동하의 얼굴이 붉어지자 그런 모습까지 이은숙은 좋아졌다.

"호호 그렇구나. 동하에겐 한복이 특별한 느낌이겠구나. 나중에 둘이 결혼해서 우리 서영이가 한복을 입으면 어떻게 될지 모르겠다."

김동하의 과거를 알고 있는 이은숙은 자신의 한복을 입은 모습을 보고 김동하가 과거의 일을 떠 올리고 있다는 것을 단번에 눈치챘다.

한서영이 웃으면서 입을 열었다.

"동하가 이렇게 한복을 좋아하면 나중에 매일 한복을 입어야 할 것 같은데?"

이은숙의 한복 차림으로 한바탕 웃음이 매실에 흘러넘치고 있었다.

데니얼 엘트먼과 김동하 부부(?)를 동매향으로 초대한 것은 너무나 좋은 선택이었다.

데니얼 엘트먼으로서는 자신이 좋아하던 한식의 다양함과 그에 어울리는 동매향의 한국적인 분위기에 연신 감탄하고 있었다.

한 시간 30분 징도 이어지던 식사가 끝이 나고 있었다.

동매향의 뜰에는 이미 어둠이 짙게 내려앉아 있었다.

뒤늦게 동매향을 예약한 사람들이 동매향의 뜰에 만들어 놓은 벤치에 앉아서 정원 풍경을 바라보며 담소를 나누는 모습이 평화롭게 보였다.

"참으로 즐거운 식사였습니다."

매실의 입구에서 데니얼 엘트먼이 한종섭 사장과 이은숙 여사에게 정중하게 인사를 했다.

한종섭이 웃었다.

"하하 즐거웠다니 다행입니다."

데니얼 엘트먼이 입가에 미소를 머금고 한종섭을 바라보았다.

"다음에 한국을 다시 방문하게 된다면 꼭 이곳을 다시 오고 싶습니다."

이은숙도 인사를 했다.

"그때는 더 다양하고 좋은 한식을 대접할 수 있을 거예요."

"하하 말만 들어도 기대가 됩니다."

데이얼 엘트먼이 자신의 배를 살짝 두들겼다.

그야말로 상다리가 부러질 정도로 푸짐하게 차려진 한식이었다.

데니얼 엘트먼은 과식이라고 해도 좋을 정도로 맛있게 식사를 했다.

김동하 역시 오랜만에 예전에 자신이 즐겨 먹었던 산적과 산나물 등의 음식을 너무나 맛있게 먹었다.

김동하에게도 무척이나 좋았던 식사자리였기에 흡족한 얼굴로 매실의 문을 나섰다.

한유진과 한지은 그리고 막내 한강호까지 한서영의 뒤에서 기분 좋은 얼굴로 문을 나서고 있었다.

아버지의 손님을 위한 자리라곤 하지만 형부와 매형인 김동하까지 함께한 식사자리였기에 한종섭의 가족은 오랜만의 외식에 행복한 표정이었다.

한서영 역시 만족한 표정이었다.

그동안 김동하에게 변변하게 음식을 만들어 준 적이 없었기에 오랜만의 외식은 한서영으로서도 푸근한 느낌이 들게 만들어주었다.

그때였다.

신발을 신기 위해 막 매실의 난간으로 내려서던 김동하의 얼굴이 굳어졌다.

김동하의 표정이 굳어지는 것을 본 한서영의 눈이 살짝 커졌다.

"왜 그래?"

한서영의 표정이 살짝 굳어졌다.

그때 김동하의 시선이 한쪽을 뚫어지게 바라보았다.

한서영의 시선이 자연스럽게 김동하의 시선을 따라갔다.

"제대로 식사도 하지 못하고 이렇게 헤어져 아쉽네요."

윤수경이 장수란의 얼굴을 보며 입을 열었다.

청실의 마루를 내려서면서 윤수경이 나직하게 입을 열었다.

청실에 차려진 음식은 두 여인 모두 거의 손을 대지도 못한 상태였다.

하지만 두 여인 모두 배가 고프다는 느낌이 없었다.

목에 가시가 걸린 것 같은 느낌이었기에 제대로 식사를 할 수도 없었던 상황이기 때문이다.

장수란이 머리를 흔들었다.

"괜찮아요. 그다지 배도 고프지 않았으니까. 그리고 한식은 저도 잘 입에 맞지 않아서 불편했어요."

장수란의 대답에도 힘이 빠져 있었다.

윤수경이 머리를 끄덕였다.

"다음에는 이곳이 아닌 다른 곳으로 장여사를 초대할게요."

장수란이 살짝 머리를 숙였다.

청실의 앞쪽 난간 아래 나란히 놓인 신발을 갖춰 신은 두 여인이 동매향의 뜰로 내려섰다.

윤수경이 입을 열었다.

"아까도 말했듯이 한서영의 존재를 알았으니 그 남편이라는 남자와도 쉽게 다시 만날 수 있을 거예요. 너무 걱정할 필요는……."

말을 하던 윤수경의 눈이 커지고 있었다.

자신과 장수란이 식사를 하던 청실과 대각선으로 마주보이는 매실에서 일단의 남녀들이 나오는 모습이 눈에 들어왔다.

특히 긴 머리의 아름다운 여인과 나란히 손을 잡고 매실을 나서는 남자의 얼굴을 보는 순간 윤수경의 머릿속이 하얗게 비워졌다.

덜덜.

윤수경의 손이 가늘게 떨리고 있었다.

장수란은 갑자기 말을 끊은 윤수경의 얼굴을 바라보았다.

"윤여사! 왜 그래요?"

장수란은 한순간 가늘게 몸을 떨고 있는 윤수경을 바라보다가 윤수경의 시선이 향하는 곳으로 머리를 돌렸다.

순간 장수란의 얼굴도 굳었다.

공교롭게도 매실과 청실은 동매향의 뜰을 마주보고 위치한 곳이었다.

거리상으로는 10m도 되지 않을 짧은 거리였기에 매실의 손님의 얼굴을 확인하는 것은 어렵지 않은 일이었다.

"저 여자!"

장수란의 눈에 들어온 것은 긴 머리가 너무나 어울리는 너무나 아름다운 젊은 여자였다.

한서영.

장수란으로서는 절대로 잊을 수 없는 한서영의 모습이 장수란의 눈에 들어왔다.

윤수경은 반대로 한서영과 함께 나란히 매실을 나서는 김동하의 얼굴에 고정되어 있었다.

그때 김동하가 이쪽을 바라보는 것이 보였다.

김동하의 표정은 상당히 굳어 있었다.

두 여자를 번갈아 바라보는 시선은 이미 두 사람의 정체를 알고 있는 듯했다.

윤수경과 장수란은 어두운 밤인데도 검은 안경으로 눈을 가리고 머리에는 스카프를 두르고 있었기에 보통 사람이라면 얼굴을 전혀 알아볼 수가 없었다.

그런데 어떻게 된 것인지 김동하는 단번에 자신들을 알

아본 느낌이 들었다.

윤수경이 김동하의 얼굴을 바라보다가 떨리는 목소리로 입을 열었다.

"저, 저 사람이에요."

"저 여자!"

윤수경은 김동하를 알아보았고 장수란은 한서영의 얼굴을 알아보았다.

그때 한서영이 이쪽으로 시선을 돌렸다.

한서영의 눈에도 놀란 표정이 떠올랐다.

"왜 그래? 저 사람들이 누구야?"

한서영이 김동하를 보며 물었다.

김동하가 나직한 목소리로 대답했다.

"전에 병원에서 누님께 손찌검을 하려던 여자와 한강변에서 만났던 왈패 같은 자의 모친입니다."

김동하의 말에 한서영의 표정이 굳어졌다.

한서영의 머릿속에 세영대학병원의 장례식장에서 만난 표독했던 장수란의 얼굴과 한강변에서 만난 서동혁의 어머니인 윤수경의 얼굴이 동시에 떠올랐다.

한서영이 물었다.

"그런데 왜 이 밤중에 얼굴을 저렇게 가리고… 아!"

한서영은 단번에 두 여자가 스카프로 얼굴을 가리고 있는 이유를 눈치챘다.

김동하가 입을 열었다.

"아마 천명을 회수당한 이후 얼굴을 드러내고 돌아다니진 못했을 것입니다."

그때였다.

큰딸과 사위의 태도가 이상하다는 것을 느낀 이은숙이 다가왔다.

"뭐하는 거니?"

기분 좋은 식사를 마치고 나오는 길이었지만 갑자기 달라진 한서영과 김동하의 태도에 살짝 놀란 이은숙이었다.

한서영이 이은숙을 바라보며 입을 열었다.

"저기 저쪽에서 니온 두 사람 있잖아, 동하와 내가 아는 사람들이야, 엄마."

한서영의 말에 이은숙이 놀란 듯이 눈을 동그랗게 떴다.

"뭐?"

이은숙이 머리를 돌려 장수란과 윤수경을 바라보았다.

이은숙의 눈에 마치 돌처럼 그 자리에 굳은 채 서서 이쪽을 바라보고 있는 두 여자의 모습이 들어왔다.

어두운 밤이었는데도 짙은 색의 선글라스를 끼고 얼굴 전체를 스카프로 가린 묘한 차림의 여자들이었다.

이은숙이 눈을 껌벅였다.

"저 사람들을 너희들이 아는 사람들이라고? 근데 왜 이 밤중에 저런 이상한 차림이야?"

이은숙은 얼굴을 꽁꽁 싸매 가린 장수란과 윤수경의 모

습이 기묘하게 보였다.

한서영이 굳은 얼굴로 입을 열었다.

"저 사람들… 동하에게 천명을 회수당한 사람들이야 엄마."

"뭐?"

이은숙은 천명의 권능과 그 효용을 알고 있었지만 천명을 회수당한 모습을 직접 본 적은 단 한 번도 없었다.

이은숙이 눈을 깜박이며 물었다.

"처, 천명을 회수당하면 저렇게 얼굴을 가려야 하니?"

한서영이 대답했다.

"동하에게 천명을 회수당하면 단번에 수십 년의 세월을 빼앗기는 것과 같아 엄마. 예전에 저 사람들은 엄마와 비슷한 나이였지만 지금은 아마 엄마가 상상하지 못할 정도로 나이가 들어 버렸을 거야. 그래서 저렇게 얼굴을 가려야 했겠지."

한서영의 설명에 이은숙의 눈이 커졌다.

"느, 늙었다고?"

끄덕.

한서영이 머리를 끄덕였다.

그때였다.

김동하와 한서영을 바라보고 있던 윤수경과 장수란이 이쪽으로 걸음을 옮겼다.

마치 무언가 두려운 대상을 만난 것처럼 천천히 걸음을

옮기고 있었다.

그러면서도 시선은 단 한 번도 떼지 않았다.

김동하의 눈이 차갑게 가라앉았다.

사악하고 이기적인 욕심으로 가득 채워져 있었던 여인들이었다.

조금은 가혹한 징벌이라고 생각할 수도 있었지만 두 여인에게서 뺏은 천명을 후회하지는 않았다.

그 정도의 벌은 충분히 받아도 될 정도로 표독했던 두 여인이었기 때문이다.

윤수경과 장수란이 이내 김동하의 앞에 다가와서 멈춰섰다.

김동하와 한서영은 두 여인의 스카프로 가린 얼굴에서 시선을 떼지 않았다.

윤수경이 김동하를 보며 입을 열었다.

"오랜만인데 단번에 우릴 알아보는군요? 얼굴을 가리고 있었는데 어떻게 알게 된 것인가요?"

김동하가 대답했다.

"사람마다 모두가 가지고 있는 기운의 성질은 다 다르니까요."

"기운이라고요?"

윤수경이 머리를 갸웃했다.

그때 장수란이 한서영을 보며 입을 열었다.

"저를 알아보시겠어요?"

한서영은 장수란이 스카프로 얼굴을 가린 모습을 보며
머리를 흔들었다.

"글쎄요."

얼굴을 가리고 있는 이상 세영대학병원의 장례식장에서
대면했던 장수란의 얼굴을 확인하는 것은 불가능했다.

장수란이 잠시 한서영을 바라보다가 눈을 가린 선글라스
를 벗어버렸다.

순간 자글자글한 주름으로 뒤덮인 장수란의 눈매가 드러
났다.

장수란이 물었다.

"이제 제 얼굴이 기억이 떠오르나요? 닥터한, 아니 한서
영씨!"

한서영의 얼굴이 굳어졌다.

세영대학병원에서 보았던 장수란의 얼굴과는 전혀 다른
추레하게 늙어가는 노파의 얼굴이 한서영의 눈에 들어왔
다.

장수란이 입술을 비틀었다.

"몰라볼 정도인가요?"

장수란은 세영대학병원의 장례식장에서 보았던 한서영
의 얼굴은 정확하게 기억하고 있었다.

그런데 정작 한서영은 자신의 얼굴을 몰라보는 것에 허
탈함을 느꼈다.

한서영의 눈동자가 흔들리고 있었다.

김동하가 황실옥에서 뉴월드파의 양재득 일당을 처리할 때 직접 김동하가 천명을 회수하는 장면을 보았다.

또한 천명을 회수 당함으로 인해 양재득과 송대진이 한 순간에 70대의 노인처럼 늙어버리는 장면을 보기도 했지만 지금 눈앞의 장수란의 모습처럼 충격적인 느낌은 아니었다.

한편 웬 두 명의 늙은 여자(?)가 자신의 큰딸과 사위에게 접근하자 이은숙의 얼굴이 굳어졌다.

큰딸 한서영으로부터 사위인 김동하의 손에 천명을 회수 당한 두 여자가 있다는 말은 조금 전에 들었다.

그렇지만 실제로 장수란이 너무나 추레하게 늙은 노파의 모습으로 접근하자 한서영이 일러준 말까지 잊을 정도였다.

이은숙이 끼어들었다.

"얘! 서영아, 이분들이 누구시니?"

이은숙이 장수란의 얼굴을 바라보았다.

이은숙이 끼어들자 김동하를 바라보고 있던 윤수경과 장수란이 이은숙을 바라보았다.

한서영이 입을 열었다.

"응! 그냥 동하랑 내가 전에 잠시 마주쳤던 사람이야 엄마! 신경 쓰지 않아도 괜찮아."

한서영의 말이 천둥처럼 장수란과 윤수경의 귓속으로 파고들었다.

"어, 엄마라고?"

"저 사람이?"

장수란과 윤수경은 그야말로 말을 잇지 못할 정도로 충격을 받은 얼굴이었다.

한서영과 이은숙은 나란히 세워놓으면 친구 사이라고 해도 그다지 이상하지 않을 정도로 보였다.

그만큼 젊고 아름다운 이은숙의 모습은 두 여자에겐 너무나 큰 충격이었다.

그때였다.

"여보! 서영아! 여기서 뭘 하는 거야? 엘트먼 이사께서 당신한테 감사인사를 하고 숙소로 돌아가시려고 기다리고 있는데."

뒤쪽에서 한종섭의 목소리가 들렸다.

한종섭 사장에게 초대를 받았던 데니얼 엘트먼은 식사를 마치고 이은숙에게 작별인사를 할 때를 기다리고 있었다.

이미 한서영의 동생인 한유진과 한지은 그리고 막내 한강호까지 데니얼 엘트먼 이사에게 작별인사를 하고 있는 중이었다.

한종섭은 큰딸 한서영과 사위 김동하가 서 있는 곳에서 자신의 아내까지 영문을 알 수 없는 두 여자와 무언가 대화를 나누는 걸 보고 빨리 오라 부른 것이다.

이은숙이 급히 몸을 돌렸다.

"아! 네 갈게요."

"빨리 오너라."

이은숙이 한서영을 향해 빠르게 말하며 몸을 돌렸다.

아내를 찾아 다가왔던 한종섭이 이상하다는 시선으로 추레하게 늙은 장수란과 아직도 얼굴을 가리고 있는 윤수경을 힐끗거리며 바라보았다.

"뭐하시는 분들이셔?"

한종섭이 아내인 이은숙에게 물었다.

이은숙이 남편 한종섭의 팔을 당기며 입을 열었다.

"저도 몰라요. 서영이랑 김서방이 아는 사람이라고 하는 것 같던데……."

말을 하던 이은숙이 머리를 돌려 다시 한번 장수란의 얼굴을 바라보다가 이내 데니얼 엘트먼이 있는 곳으로 걸음을 옮겼다.

한종섭이 낮게 묻는 소리가 들렸다.

"서영이랑 김서방이 저렇게 나이 많으신 분들을 어떻게 안다는 거야?"

"몰라요. 곧 올 거니까 신경 쓰지 말아요."

"험."

한종섭이 헛기침을 흘리며 이내 아내를 따라 발걸음을 옮겼다.

데니얼 엘트먼은 동매향의 입구 쪽으로 이미 나가 있었고 한서영의 동생들도 이미 밖으로 나갔다.

장수란과 윤수경이 동매향의 입구 쪽으로 향하는 한종섭

과 이은숙을 흔들리는 시선으로 바라보았다.

장수란이 한서영을 보며 물었다.

"방금 돌아가신 저분이 닥터한의 어머니신가요?"

장수란의 가슴이 터질 듯이 뛰고 있었다.

방금 자신들의 앞에 선 이은숙의 모습은 이제 20대인 한
서영과 비슷한 또래의 여인과 비교해도 전혀 이상하지 않
을 정도로 젊고 아름다웠다.

그리고 윤수경이 알려준 그 젊어졌다는 여인이 이은숙이
라는 것을 얼굴을 보는 순간 직감했다.

한서영이 장수란의 얼굴을 빤히 바라보았다.

"대답을 꼭 해야 할 필요는 없다고 생각하는데요?"

그때 윤수경이 한서영을 보며 입을 열었다.

"그럼 방금 한서영씨가 어머니라고 하신 분이 얼마 전에
이곳을 방문한 적이 있었나요?"

윤수경은 장수란을 만나기 위해 탔던 택시에서 기사가
해준 말을 머릿속에서 떠올리고 있었다.

하지만 물어보지 않아도 바로 택시기사가 말했던 그 젊
은 여인이 이은숙이라는 것을 알 수가 있었다.

윤수경의 가슴도 심하게 두근거리기 시작했다.

한서영의 눈이 살짝 찌푸려졌다.

"그건 왜 묻는 거죠?"

한서영이 장수란이나 윤수경에게 가진 감정은 그다지 우
호적인 감정이 아니었다.

어쩌면 매섭고 차가운 감정이라고 해도 틀린 말은 아니었다.

이제는 자신의 엄마처럼 추레하게 늙어버린 모습으로 기억마저 잃은 채 서울 하늘의 어딘가를 떠돌고 있을 서동혁으로 인해서 윤수경이 얼마나 편협하고 이기적인 여자인지를 실감했다.

또한 딸의 악행으로 스스로 돌이킬 수 없는 선택을 했어야 했던 최은지라는 여학생과 그 가족을 향해 악담을 퍼붓던 장수란의 모습은 한서영에게는 악녀 그 이상으로 각인되어 있었기 때문이다.

한서영이 대답을 해줄 생각을 하지 않는다고 판단한 윤수경이 입을 열었다.

"얼마 전 한강변에서 일어났던 일로 한서영씨가 나에게 가진 감정이 좋지 않다는 것 정도는 나도 알아요. 하지만 당시에는 나도 좀 흥분했었고 워낙에 자식문제로 속을 많이 태웠기에 감정을 추스르지 못했어요. 그건 사과할게요. 용서해 주세요."

지금의 지옥 같은 상황에서 벗어날 수만 있다면 사과가 아니라 엎드려 빌 수도 있다고 생각한 윤수경이었다.

방금 한서영의 어머니 이은숙을 보는 순간 잃어버린 자신의 젊음을 되찾아야 한다는 생각에 윤수경은 필사적이었다.

윤수경이 한서영을 향해 살짝 머리를 숙였다.

한강변에서 그렇게 도도한 모습으로 날뛰던 것과는 전혀 다른 모습을 보여주는 탓에 한서영이 잠시 얼떨떨한 표정으로 윤수경을 바라보았다.

하지만 윤수경의 목소리에 진심으로 사과한다는 느낌은 들지 않았다.

마치 윤수경의 망나니 같은 아들 서동혁이 자신과 김동하를 유인해 람세스라는 술집에서 흑심을 품고 사과를 하는 듯한 느낌이었다.

하지만 그것을 내색하진 않았다.

한서영이 가볍게 머리를 끄덕였다.

"사과를 하신다면 받아들이겠어요."

윤수경의 사과를 받아들인 한서영이 김동하에게 머리를 돌렸다.

윤수경이 살짝 머리를 숙였다.

"사과를 받아줘서 고마워요."

답례를 한 윤수경이 머리를 들어 한서영의 시선을 따라 힐끗 김동하를 바라보았다.

"실례인 줄 알지만 그쪽에게 한 가지만 물어볼 테니 대답을 해줄 수 있나요?"

윤수경의 말에 김동하가 물끄러미 윤수경을 바라보았다.

얼굴을 가리고 있었지만 김동하는 윤수경이 어떤 모습으로 변해 있을 것인지 이미 짐작하고 있었다.

김동하의 입이 열렸다.

"말해보십시오."

김동하의 표정은 무척이나 담담했다.

윤수경이 김동하를 보다가 얼굴을 가리고 있는 선글라스를 벗고 스카프까지 모두 풀어버렸다.

순간 동매향의 뜰에서 대실의 차례를 기다리고 있던 사람들이 윤수경의 모습을 보며 놀란 듯 탄성을 터트렸다.

"아!"

"뭐야? 할머니셨어?"

"난 또. 이 밤중에 얼굴을 가리고 있기에 연예인이나 유명인인 줄 알았네."

"저 젊은 여자 분과 아는 사이인 것 같아서 연예인이라고 짐작했는데 할머니였어."

동매향은 서울장안에서도 제법 전통한식집으로 유명세를 타고 있는 곳이었다.

그 때문에 한식을 먹기 위해서 가수나 영화배우 탤런트들을 비롯해서 재벌가나 정치인들까지 자주 찾아온다.

물론 그런 사람들은 이곳을 방문할 때면 장수란이나 윤수경처럼 얼굴을 다른 사람들이 알아보지 못하게 전부 가리는 경우가 대부분이었다.

자신들의 얼굴을 알아보는 사람들로 인해서 오붓한 식사를 하기가 곤란한 유명인들의 습관적인 행동이 공교롭게 윤수경과 장수란의 모습과 흡사했던 것이다.

동매향의 뜰에서 대실을 기다리던 예약자들 또한 장수란
과 윤수경이 그런 부류의 사람들이라고 오해를 하고 있었
다.

더구나 그들과 마주하고 있는 한서영과 김동하의 모습이
출중할 정도로 아름다웠기에 충분히 그런 오해를 할 수도
있었다.

윤수경은 주변의 놀람에도 전혀 흔들리지 않고 김동하를
빤히 바라보았다.

양 미간에 골이 깊게 패인 주름이 선명했고 눈꺼풀은 세
월의 무게를 그대로 올려놓은 듯 아래로 축 처진 80대 노
파의 모습이었다.

김동하는 그런 윤수경의 얼굴을 담담한 얼굴로 바라보았
다.

이미 윤수경에게서 천명을 회수했기에 이런 모습일 것이
라고 충분히 예상하고 있었던 터이니 놀랄 이유도 없었다.

윤수경이 김동하를 보며 물었다.

"그날 강변에서 그쪽의 아내 분인 한서영씨와 그쪽을 만
난 이후 지금 이 모습으로 변하게 되었어요. 제가 이렇게
될 것이란 것을 미리 알고 계셨나요?"

김동하의 눈빛이 차갑게 가라앉았다.

그날 강변에서 보았던 윤수경과 지금의 윤수경은 전혀
달라지지 않았다는 것이 느껴졌다.

자신의 패악에 대한 후회나 자책은 없이 오로지 다시 예

전의 그 젊음을 찾고 싶다는 욕망으로 가득한 윤수경의 내심을 읽고 있는 김동하였다.

하지만 지금 모습을 드러낸 윤수경의 모습을 본 순간 김동하는 자신이 너무 가혹했을지 모른다는 생각이 들었다.

자식을 가진 부모로서 맹목적일 수밖에 없는 외골수 사랑을 품은 윤수경의 업보치고는 조금 심했다는 자책이었다.

잠시 윤수경을 바라보던 김동하가 윤수경을 보며 입을 열었다.

"사람은 태어나면서 하늘로부터 천수(天壽)라는 천명을 부여받습니다. 짧게는 몇 시간이고 길게는 수십 년을 넘어 백 년이 넘어가는 긴 천명도 있지요. 그 천명을 어떻게 사용하는 것인지는 하늘로부터 부여받은 천명을 가진 사람의 심성에 따라 참으로 많은 갈래로 나뉩니다."

김동하의 담담한 목소리가 장수란과 윤수경의 귀로 흘러들었다.

그때 한종섭 사장 일행이 나온 매실과 윤수경과 장수란이 나온 청실을 직원들이 치운 뒤 문을 개방했다.

예약손님들이 치워진 매실과 청실로 들어가며 힐끗 김동하와 윤수경의 모습을 놀란 시선으로 훔쳐보며 지나갔다.

김동하가 동매향의 한쪽 구석을 가리켰다.

"잠시 이야기가 길어질 수 있으니 자리를 조금 옮길까요."

말을 마친 김동하가 동매향의 뜰 한쪽으로 걸음을 옮겼다.

윤수경과 장수란이 그런 김동하의 뒤를 따르고 있었다.

한서영이 동매향의 입구 쪽을 힐끗 보다가 이내 김동하의 뒤를 따랐다.

김동하의 뒤를 따르는 걷고 있는 장수란과 윤수경의 시선이 흔들리고 있었다.

한서영의 어머니를 보는 순간 자신들도 다시 과거로 돌아갈 수 있다는 희망을 가졌기 때문이다.

다시 과거로 돌아갈 수만 있다면 어떤 대가를 치러도 좋았다.

이내 사람들의 시선이 미치지 않는 동매향의 뜰 한쪽에서 김동하가 멈춰서며 뒤를 돌아보았다.

김동하의 눈에 너무나 간절한 표정을 담은 채 자신을 바라보고 있는 윤수경과 장수란의 모습이 보였다.

김동하가 장수란과 윤수경의 얼굴을 보면서 입을 열었다.

"두 분은 자신이 가진 천명을 바르지 않는 심성으로 헝클어놓았지요. 그 때문에 하늘이 두 분께 배려한 천명이 다시 하늘로 돌아간 것입니다. 그 때문에 두 분께서는 회수당한 천명의 기운으로 인해 짧은 시간동안 수십 년의 세월을 넘겨야만 했고, 애초에 하늘이 배려하여 두 분께 내려진 천명의 대가를 치러야 했기에 이리 된 것입니다."

김동하의 말은 마치 깊은 산에서 수도를 닦는 도인이 하는 말처럼 진의를 알아내기가 힘들 정도로 난해했다.

장수란이 물었다.

"우, 우리의 천명을 하늘이 다시 가져갔다고요?"

김동하가 머리를 끄덕였다.

"그렇습니다."

"어, 어떻게……."

장수란의 얼굴이 하얗게 질려가고 있었다.

그때였다.

윤수경이 물었다.

"우리의 천성이 바르지 않고 잘못되어 우리가 가진 천명을 하늘이 가져간 것이라고 했나요?"

김동하가 머리를 끄덕였다.

순간 윤수경과 장수란의 눈이 질끈 감겼다.

자신들이 가진 자식에 대한 맹목적이고 편협한 애정이 이런 결과를 만들었다는 것에 가슴속에서 찬바람이 불어나오는 느낌이 들었다.

윤수경이 흔들리는 눈빛으로 김동하를 바라보았다.

"하늘이 가져갔다는 우리의 천명을 다시 돌려받을 수 없나요?"

김동하가 잠시 윤수경을 바라보다가 입을 열었다.

"과거의 일을 반성하고 자신의 마음을 온전하게 다스려 두 분이 쌓은 죄업을 지운다면 천명을 돌려받을 수도 있을 겁니다. 하지만 여전히 예전의 그 마음 그대로라면 두 번 다시 두 분의 천명을 온전히 돌려받기는 힘들 것입니다."

김동하의 말은 부드러웠다.

장수란이 끼어들었다.

"바, 방금 온전히라고 하셨나요? 그럼 일부는 돌려받을 수 있다는 말인가요?"

김동하가 잠시 두 여인을 바라보다가 입을 열었다.

"두 분이 쌓은 죄업의 대가로 천명을 회수하였지만 그 대가가 두 분의 죄업에 대한 응징으로 보기에는 가혹했다는 느낌이 듭니다. 아마 일부는 돌려받을 수 있을 겁니다."

김동하의 말에 윤수경과 장수란의 얼굴이 굳어졌다.

잃어버린 자신들의 천명을 어느 정도는 돌려받을 수 있다는 말에 두 여인의 심장이 터질 듯 가쁘게 뛰기 시작했다.

한서영도 회수한 천명을 두 여인에게 일부를 돌려준다는 김동하의 말에 놀란 듯 김동하의 얼굴을 바라보았다.

윤수경이 급하게 물었다.

"그, 그 천명이라는 것을 그쪽이 마음대로 할 수도 있나요?"

윤수경의 눈빛이 간절한 표정을 담고 반짝이고 있었다.

예전에 한강변에서 마주할 때 보았던 윤수경의 그 표독스런 눈빛과는 너무나 다른 소녀처럼 순박한 눈빛이었다.

눈빛 속에서 진한 간절함까지 읽을 수 있었다.

김동하가 담담한 얼굴로 대답했다.

"꼭 그 대답을 듣고 싶다면 그렇다고 할 수가 있겠습니다."

김동하의 대답을 듣자 윤수경의 눈이 질끈 감겼다.

마치 너무나 기다리고 있었던 소식을 들었다는 표정이었다.

장수란 역시 놀란 얼굴로 김동하를 바라보았다.

이제야 자신들이 이런 모습으로 변한 것이 김동하 때문이라는 것을 확실히 알 수가 있었다.

윤수경이 흔들리는 시선으로 김동하를 바라보았다.

조금 전의 간절함이 담긴 시선이 아닌 이제는 원망하는 표정이 담긴 시선이었다.

윤수경이 떨리는 목소리로 입을 열었다.

"왜, 왜 우릴 이런 모습으로 만들었나요? 그만큼 우리가 죽을 정도로 잘못한 것인가요? 단지 내 자식에 대해서 엄마로서 잘못된 애정을 품었던 대가로는 너무 참혹하신 것이 아니었나요?"

윤수경의 눈에 원망의 표정이 가득했다.

김동하가 윤수경을 바라보며 입을 열었다.

"단순히 그런 것으로만 천명을 회수하지는 않습니다. 자식이 잘못된 선택을 하고 잘못된 길을 가게 만든 것을 방조하고 오히려 그것을 타인의 잘못으로 몰아넣은 당신의 사악했던 심성이 그 대가를 치르게 만든 것이지요."

윤수경이 이를 악물었다.

"당신이 뭔데요? 신이에요? 하느님이세요? 당신이 뭔데 무슨 자격으로 내 인생을 이렇게 만들어 버린 거예요?"

따지고 드는 윤수경의 목소리에는 울음기가 담겨 있었다.

김동하가 대답하려 하자 한서영이 끼어들었다.

"자기, 그만해."

한서영이 윤수경의 질문에 대답하려던 것을 한서영이 말렸다.

윤수경이 한서영을 바라보았다.

"대답할 수 없는 것인가요?"

윤수경의 말에 한서영이 잠시 윤수경을 바라보다가 입을 열었다.

"자신이 이렇게 된 것이 옹졸하고 편협하며 이기적인 욕심으로 인해 얻어진 결과라는 생각은 안 드시나요? 자신의 잘못으로 인해 이런 모습이 되었다면 지난 과거를 후회하고 참회하며 용서를 구하는 것이 먼저예요. 당신이나 당신의 아들이 가진 이기심으로 인해 다른 사람이 불행하고 눈물을 흘리게 만든 것이 당신들을 이렇게 만든 원인이라는 생각은 안 해보셨어요?"

윤수경이 눈을 질끈 감고 이를 악물었다.

"난 내 것을 지키려고 악착같이 살았을 뿐이야. 모질지 못하면 살아남을 수 없다고 생각했고 그 때문에 나와 내

혈육 외에는 아무도 믿지 않았을 뿐이었어. 그런데 그것이 나를 이렇게 만들 정도로 사악한 짓이었나?"

이내 윤수경의 눈가에 눈물이 그렁하게 맺혔다.

한서영이 그런 윤수경을 보며 입을 열었다.

"그래서 억울한가요?"

윤수경의 눈에서 기어코 눈물이 주르륵 흘러내렸다.

"맞아. 난 억울해. 그저 다른 사람들 보다 조금 더 욕심을 부렸을 뿐이야. 그런데 내가 왜 이런 대가를 치러야 해? 차라리 매를 때리면 맞을 것이고 욕을 한다면 들어주겠어. 하지만 내 삶을 이렇게 지옥으로 만든 것은 신이라고 해도 부당해."

윤수경은 참았던 눈물을 흘리며 흐느끼고 있었다.

하지만 이내 어린애처럼 서러운 울음소리를 터트렸다.

"흐흐흑 돌려줘요, 제발… 차라리 매를 때린다면 맞을게요."

윤수경은 너무나 간절한 바람으로 애원하고 있었다.

조금 멀리 떨어진 동매향의 뜰에서 대실의 다음 차례를 기다리고 있던 사람들이 놀란 얼굴로 윤수경을 바라보았다.

한서영이나 김동하보다 훨씬 나이가 많은 할머니가 젊은 두 사람의 앞에서 어린아이처럼 울고 있는 것은 몹시 기묘한 광경이었다.

김동하가 그런 윤수경을 보며 입을 열었다.

"천명을 돌려받고 싶으십니까?"

윤수경이 눈물이 흠뻑 젖은 얼굴로 김동하를 바라보았다.

"돌려줄 건가요?"

김동하가 입을 열었다.

"죄업을 쌓은 대가로 한번 회수한 천명을 고스란히 모두 돌려받을 수는 없습니다. 정작 내가 돌려준다고 해도 당신의 몸에 쌓여 있는 지금까지의 악업이 천문을 막고 있을 테니까요."

윤수경이 젖은 눈을 껌벅였다.

김동하의 말은 여전히 이해가 되지 않았다.

하지만 김동하는 상관하지 않았다.

"선업을 쌓아 악업을 지우시는 것이 천명을 다시 돌려받을 수 있는 유일한 기회가 될 겁니다. 다만 그날의 일로 내가 이리한 것은 나도 과한 듯하여 10년 분의 천명은 다시 돌려드리지요."

10년의 천명을 돌려준다는 김동하의 말은 무척이나 담담했다.

윤수경이 눈을 껌벅였다.

김동하가 그런 윤수경을 잠시 바라보다가 자신의 품을 뒤졌다.

이내 하나의 침갑이 김동하의 손에 들렸다.

한서영이 재빨리 다가와 김동하가 든 침갑을 받아서 뚜

경을 열고 김동하의 옆에 섰다.

한서영으로서는 김동하가 침술을 이용해서 회수한 천명을 돌려주는 선택이 탁월하다고 생각했다.

단순하게 천명을 돌려주는 것보다는 차라리 침술을 이용해서 돌려주는 것이 훨씬 납득할 수 있는 수단이라고 생각했다.

그리고 윤수경과 장수란도 김동하가 의술을 이용해 천명을 돌려주는 것으로 생각할 것이기에 훨씬 더 안전한 방법이었다.

김동하가 이내 윤수경의 손을 잡았다.

동시에 김동하가 집어낸 침 하나가 윤수경의 왼쪽 손목 신문혈을 찔렀다.

이어 음극, 통리, 영도혈에 빠르게 침이 박혀들었다.

윤수경의 눈이 커지고 있었다.

침이 몸에 박혀들고 있었지만 전혀 통증이 느껴지지 않았기 때문이었다.

그저 가만히 자신의 손목을 잡고 서 있는 김동하의 얼굴을 멍한 표정으로 바라보았다.

김동하는 윤수경의 팔목을 잡고 극문, 관사, 내관, 대릉혈에 침을 놓은 뒤 마지막으로 자신을 바라보고 있는 윤수경의 이마 한가운데 위치한 신정혈에 침을 찔러 넣으며 가만히 윤수경에게서 회수한 천명을 불어넣어주었다.

실제로 그날 한강변에서 윤수경이 한서영을 때리려 했다

는 이유만으로 그녀의 남은 천명을 수십 년 분이나 회수한 것은 자신도 심했다는 생각이 들었던 김동하였다.

김동하로선 천명을 돌려주는 것이 홀가분한 느낌이었다.

망나니 같은 아들인 서동혁의 사악한 죄업까지 몽땅 어머니라는 이유만으로 윤수경이 덮어쓴 것 같아서 자신이 심했다는 느낌이 들었던 터였다.

윤수경은 김동하가 자신의 이마에 침을 놓는 순간 몸속으로 너무나 청량한 기운이 흘러들어오는 느낌이 들었다.

"아!"

윤수경의 입이 벌어지고 있었다.

그날 강변에서 한서영을 때리려던 자신의 손을 김동하가 막았을 때와는 전혀 다른 느낌이 그녀의 전신으로 번져왔다.

말로는 표현하기 힘들 정도로 시원한 느낌이 윤수경의 폐부로 밀려들고 있었다.

하지만 그 느낌은 그야말로 찰나의 순간처럼 너무나 잠시였다.

김동하가 윤수경의 손에 놓았던 침을 회수하고 마지막으로 이마의 침까지 회수했다.

윤수경이 아쉬운 듯 김동하의 얼굴과 조금 전 자신의 손에 침을 놓았던 자리를 바라보았다.

마치 조금이라도 더 오래 침을 놓아주기를 바라는 듯 윤

수경의 눈에 아쉬운 표정이 역력했다.

김동하의 입이 열렸다.

"남은 천명을 다시 돌려받기 위해서는 천문을 가로막고 있는 악업을 지우기 위해 반드시 선업을 쌓아야 한다는 것을 명심해야 합니다. 그렇지 않으면 영원히 당신은 천명을 돌려받지 못할 겁니다."

윤수경은 김동하의 말에 대답을 할 수가 없었다.

김동하에게 다시 10년의 천명을 돌려받는 순간 그토록 자신의 몸을 힘들게 했던 무언가가 시원하게 빠져나가는 듯한 느낌이 들었기 때문이었다.

윤수경이 놀란 눈으로 김동하의 얼굴을 바라보았다.

윤수경의 얼굴에 가득 퍼져 있던 진한 주름의 흔적도 제법 많이 사라져 있었다.

스스로 느끼는 몸의 활기도 조금 전과는 확연하게 다르다는 것을 직감하고 있었다.

윤수경은 마치 귀신이라도 본 것처럼 두 눈을 찢어질 듯이 부릅뜨고 김동하를 바라보았다.

"어, 어떻게……."

장수란도 놀란 얼굴로 김동하를 바라보았다.

눈으로 보았지만 지금의 상황은 너무나 놀랍고 가슴이 떨리는 광경이었다.

한순간 김동하가 피와 근골로 이루어진 사람이 아닌 신의 모습처럼 보이는 느낌이었다.

윤수경이 장수란을 향해 머리를 돌렸다.

순간 장수란의 입이 벌어졌다.

"아! 유, 윤여사 얼굴이…….."

장수란의 눈에 비친 윤수경은 아까 청실에서 보았던 얼굴과는 확연하게 다른 얼굴이었다.

그때에 비하면 훨씬 젊어진 모습이었다.

비록 과거와는 조금 달랐지만 그럼에도 예전의 그 얼굴이 온전하게 돌아와 있다는 느낌이 들었다.

윤수경은 장수란의 놀란 모습을 보며 떨리는 손으로 자신의 얼굴을 쓰다듬었다.

윤수경의 입이 벌어졌다.

얼굴에서 느껴졌던 꺼칠한 주름의 흔적이 많이 사라져 있었고 잃었던 피부의 탄력도 어느 정도 돌아와 있었다.

장수란과 윤수경은 김동하가 천명을 불어넣은 것이 아니라 김동하의 침술로 인해서 천명을 회수 받은 것이라고 생각했다.

너무나 신비한 김동하의 침술이었다.

이런 식의 침술이라면 죽을 때까지 영원히 침을 맞을 수도 있다는 욕심이 생겨날 정도였다.

다만 윤수경은 세영대학병원의 인턴인 한서영과는 다르게 김동하가 한의사였다는 사실에 속으로 탄성을 터트리고 있었다.

그것은 미처 생각하지 못했던 윤수경의 착오라고 생각하

며 아쉬운 얼굴로 김동하를 바라보았다.

김동하가 장수란을 바라보았다.

"그쪽도 역시 10년의 천명을 돌려드리지요. 다만 당신의 딸로 인해서 스스로 목숨을 끊어야 했었던 그 여학생을 다시 찾아가 당신의 악행을 용서받아야 할 겁니다. 아무리 선업을 쌓아 과거의 악업을 지운다 해도 그 여학생과 그 부모에게 용서를 받지 못한다면 영원히 당신의 천명은 돌려받지 못하게 될 겁니다. 당신이 아무리 큰 선업을 쌓아도 그 여학생이 스스로 선택해야 했던 죽음의 순간은 당신의 모든 죄업보다 큰 악업이 될 것이니까요."

장수란이 떨리는 눈으로 김동하를 바라보았다.

"그, 그 여학생은 죽은 게 아니잖아요? 살아 있는데 왜 용서를 구해야 하나요?"

한서영이 끼어들었다.

"틀렸어요. 당신의 딸과 그 친구들로 인해서 은지는 그 당시 분명하게 죽었어요. 두개골이 깨어지고 팔다리의 관절이 모두 꺾인 모습으로 영안실에 누워 있었던 아이예요."

"어, 어떻게……."

장수란은 한서영의 말이 믿어지지 않았다.

자신의 눈으로 멀쩡히 살아서 자신의 장례를 치르고 있던 부모를 만나는 것까지 모두 본 장수란이었다.

그런 그녀에게 막내딸 유채영의 학교친구라고 알려진 최

은지가 스스로 투신하여 목숨을 끊었다고 말하는 한서영의 말이 이해가 되지 않았다.

한서영이 김동하를 바라보며 입을 열었다.

"만약 그때 은지가 이 사람을 만나지 못했다면 지금쯤 구천을 떠돌고 있었겠지요. 당신의 딸에 대한 원망을 가득 품은 원귀가 되었을지도 모르고요."

"……."

김동하가 입을 열었다.

"선업을 쌓으며 살아온 사람들은 천문이 열려 있어 언제든 천명을 돌려줄 수가 있습니다. 당시의 그 아이도 비록 천명을 잃었지만 부모에 대한 미안함과 그때까지 자신이 살아온 세월동안 선업을 쌓았기 때문에 다시 천명을 돌려줄 수 있었습니다. 다른 사람을 해친 악업을 쌓거나 타인을 억압하며 쌓은 악겁은 천명이 돌아갈 천문을 막기 때문에 천명을 돌려준다고 한들 받아들이지 못합니다."

김동하의 말에 장수란이 흔들리는 시선으로 김동하를 보며 물었다.

"그, 그럼 죽은 사람도 살릴 수 있다는 말인가요?"

김동하가 물끄러미 장수란을 바라보다가 입을 열었다.

"해답은 그 여학생을 찾아가서 들으시면 될 것입니다. 기억하실 것은 반드시 그 여학생과 그 부모님들에게 용서를 받아야 한다는 겁니다."

말을 마친 김동하가 장수란의 몸에도 다시 침을 놓기 시
작했다.

한쪽에 떨어져서 김동하가 장수란의 몸에 침을 놓는 것
을 바라보는 윤수경의 가슴이 두근거리고 있었다.

남편인 서종환이 강남에서 성형수술로 제법 인정을 받고
있다고 하지만 지금 김동하가 침을 놓아 사람의 몸에 천명
을 불어넣어주는 의술은 아무리 생각해도 신기하기만 했
다.

이내 장수란도 자신을 지옥으로 밀어 넣었던 천명의 사
슬에서 10년 치를 회수 받으며 어느 정도 몸의 탄력을 회
복했다.

"아!

장수란은 김동하가 천명을 돌려주는 순간 그동안 자신을
지옥 끝으로 밀어 넣었던 몸의 악취가 사라지는 것을 느낄
수가 있었다.

"세상에……."

장수란이 너무나 놀라운 얼굴로 자신의 몸을 내려다보았
다.

손등을 뒤덮은 주름도 상당히 사라진 모습이었고 몸의
기력도 전보다 훨씬 나아진 느낌을 본능적으로 느꼈다.

두 여인에게 천명을 돌려준 김동하가 입을 열었다.

"악업을 지우고 선업을 쌓는다면 언젠가는 천명을 모두
돌려받을 수 있을 겁니다."

윤수경이 물었다.

"선생님을 만나려면 어디로 가면 되는 거죠?"

윤수경은 이제 김동하를 선생님으로 부르고 있었다.

김동하가 의술로 자신과 장수란 여사의 모습을 고쳐주었다고 생각했기 때문이었다.

김동하가 머리를 흔들었다.

"찾지 않아도 언젠가는 만나게 될 것입니다. 다만 당신의 아들은 아마 상당한 시간동안 죄업의 대가를 치러야 할 겁니다."

윤수경의 눈이 커졌다.

"도, 동혁이도 저와 같은가요?"

김동하가 입술을 꾸욱 다물었다.

한서영이 대신 대답했다.

"그 사람은 당신과 다르게 악마 그 자체였어요. 어쩌면 영원히 당신은 아들을 다시는 만나지 못할지도 모르겠어요."

한서영의 말에 윤수경이 멍한 표정을 지었다.

그녀로서는 그날 강변에서 아들을 본 이후 두 번 다시 아들과 대면한 적이 없었기에 지금 서동혁이 어떤 상황인지 전혀 알지 못하고 있었다.

두 여인에게 10년의 천명을 돌려준 김동하가 한서영의 손을 잡으면서 입을 열었다.

"선업을 쌓으시면 다시 만나게 될 겁니다. 그럼."

말을 마친 김동하가 한서영의 손을 잡고 몸을 돌렸다.

장수란과 윤수경이 멍한 표정으로 김동하와 한서영이 동매향의 입구로 사라지는 것을 바라보았다.

윤수경이 더듬거렸다.

"도, 동혁이가 어떻게……."

그제야 윤수경은 자신이 이런 모습으로 변한 이후 서동혁이 단 한 차례도 집에 들르지 않았다는 것을 머리에 떠올리고 있었다.

윤수경이 장수란을 바라보았다.

"자, 장여사님! 저 이만 돌아가 봐야 할 것 같아요."

이제야 아들 서동혁을 머리에 떠올린 윤수경이 허둥대고 있었다.

장수란도 머리를 끄덕이며 허둥거렸다.

"그, 그래요. 내가 따로 연락할게요."

"그래요."

두 여인이 서로에게 마지막 인사를 나누고 김동하와 한서영이 사라진 동매향의 입구로 걸음을 옮겼다.

비록 10년의 천명을 돌려받았다고 하지만 아직도 그녀들에게 천형이 완전히 사라진 것은 아니었다.

때문에 비교적 늦은 걸음이었고 할머니처럼 보이는 모습은 여전했다.

동매향을 빠져 나오는 윤수경과 장수란의 눈에는 이미 김동하와 한서영의 모습은 보이지 않았다.

두 여인은 동매향의 입구에 주차해 놓은 자신들의 차로 빠르게 걸음을 옮겼다.

9월의 밤바람이 강변의 물비린내를 담고 그녀들의 머리칼을 간질이며 지나가고 있었다.

〈다음 권에 계속〉

어울림 BOOKS
신인 작가 대모집!

어울림 출판사는 무한한 상상력과 뜨거운 열정을 가진 작가 여러분을 기다리고 있습니다.
창작에 대한 열의가 위대한 작품으로 꽃피울 수 있도록 저희 어울림 출판사가 여러분의 힘이 돼 드리겠습니다.

지금 도전하십시오!

모집 분야 : 판타지, 역사, 무협, 로맨스 등
모집 대상 : 아마추어, 인터넷 작가등 열정을 가진 모든 작가
모집 기한 : 수시 모집
작품 접수 방법 : 당사 네이버 카페 또는 이메일을 이용해 주십시오.

파일 형식은 제한이 없으나 원활한 원고 검토를 위해 '.HWP' 형식으로 보내주시고, 파일에 연락처도 함께 기재해주시면 됩니다.

채택된 작품은 정식 계약을 통해 출판물로 간행됩니다.
간행된 출판물은 당사의 유통망을 이용하여 전국 서점으로 배포됩니다.
※ 문의 사항은 **네이버 카페**(http://cafe.naver.com/oulim0120)를 이용하시기 바랍니다.

경기도 고양시 일산동구 장항동 43-55 성우사카르타워 801호
어울림 출판사 신인 작가 담당자 앞
전화 031) 919-0122 / **E-mail** 5ullim@daum.net

ORIENTAL FANTAS
백두산에서 은거하던 청룡세가의 청운룡(靑雲龍).
중원 무림에 암운(暗雲)을 드리운 자들이
잠룡(潛龍)을 깨워 버렸다!
진정한 용이 되어 날아오르기 위해
마침내 세상으로 나온 청운룡.
시대의 겨울은 갈수록 깊어지는 가운데,
얼어붙은 혹한의 무림(武林)에
훈훈한 희망의 봄바람이 불어온다!
청룡
혁명 무협 장편소설
춘풍유희
春風游戲